“最美中国”丛书(第二版)

U0879888

最美的词曲

王明韵 著

合肥工業大學出版社

序

赵 焰

一直以为，中国传统文化的精髓，从时间上说，是在明朝之前的。明朝之前，占据社会主流的，是清明理性的孔孟之道。崇尚自然、游离社会的道学，作为主流思想的补充，与儒学一起“相辅相成”、“一阴一阳”，使得社会主流思想具有强大活力。从总体上来说，中国文化的源头，无论是周公、老子、孔子，还是后来的诸子百家，比如说孟子、荀子、庄子、韩非子、墨子等等，都对人生保持清醒、冷静的理性态度，保持孔子学说实践理性的基本精神，即对待人生、社会的积极进取精神；服从理性的清醒态度；重实用轻思辨、重人事轻鬼神的思维模式；善于协调，讲究秩序，在人伦日用中保持满足和平衡的生活习惯……中国文化的源头如此，决定了汉民族的心理结构和精神走向，包括汉民族理想追求、文化风格以及审美倾向。

中国文化在明朝之前，占据社会主流的，是高蹈的士大夫精神。最显著的表现在于：遵从天地人伦之间的道德，有高远的理想，讲究人格的修炼，反对人生世俗化，鄙视犬儒的人格特征。比如说孔子，从他的言语来看，更像是倡导一种人生价值观，追求人生的美学意义。又比如说庄子，他的学说，不像是哲学，更像是一种生活美学：道是无情却有情，看似说了很多超脱、冷酷的话，实际上透露出对于生命、本真的眷恋和爱护，要求对整体人生采取审美观照态度，不计功利是非，忘乎物我、主客、人己，以达到安详和宁静，让自我与整个宇宙合为一体。这种贯穿着士大夫精神的人生价值观，让人忘怀得失摆脱利害，超越种种庸俗无聊的现实计较和生活束缚，或高举远慕，或怡然自适，或回归自然，在前进和后退中获得生活的力量和生命的意趣。这就是中国历代士大夫知识分子一以贯之的艺术清洁精神。英国大哲学家罗素曾经说："在艺术上，他们（中国人）追求精美，在生活上，他们追求情理。"这是说到关键了。

中国人的生活哲学就是如此，一方面高旷而幽远，另一方面也连着"地气"，是自发的浪漫主义和自发的经典主义的结合。道家是中国人思想的浪漫派，儒家是思想的经典派。当东汉年间佛教传入之后，这种以出世和解脱为目的的宗教体系遭到了儒学和道教的抵抗，从而消解了印度佛教中很多寡凉的成分。经过"中庸之道"的过滤，其中极端的成分得到了淡化，避免了理论或实践上的过火行为。也因此，一种中国特色的佛教观产生了，佛教在中国更多变身为"生活禅"，变成一种热爱生活创造人生的方式。中国人一方面避免了极端的"出世"之路，另一方面，由于心灵的滋养、美智的开发，使得东汉魏晋，包括后来的南北朝、隋唐、五代十国以及唐宋元产生了很多高妙的艺术，"艺术人生"的观念也随之如植物一样葳蕤生长。可以说，这些朝代，是中国最具审美价值、最开人们心智、也最出艺术珍品的年代。也因此，很多艺术种类都在这个阶段达到了高峰，比如说唐诗、宋词、元曲、书法、绘画、音乐、舞蹈等等，它们洋溢着一种高蹈的精神追求，境界高远，洁净空旷，如清风明月，如古松苍翠。从审美上看，由于存有或明或暗的观照，存有人格与事物的交融，主题得到了提升，感悟与生命同在，境界与天地相齐，一种深远的"禅意"油然而生……从总体境界上来看，这一阶段的各类艺术形式，达到了各自的高峰。它们是最能代表中国文化精髓的。

中国的艺术精神到了明清之后，有低矮化的倾向。明清以后，由于社会形态的变化，专制制度进一步严酷；加上统治者出身和教育的局限，以及愚民政策的目的，整体文化和审美呈低俗化的倾向，社会和人生的自由度越来越窄，艺术的想象空间越来越逼仄，艺术作品的精神高度下降。随着"程朱理学"和科举制度的推行，人们的想象力、创造力被扼制，审美弱化，艺术更趋"侏儒化"、"弱智化"。大众普罗的喜好抬头，刚正不阿的风骨软化，崇尚自由、自然、提升的审美精神也在丧失。不过尽管如此，在明清时代的中晚期，那种崇尚自然、物我两忘的高贵精神仍时有抬头，一批有着真正艺术精神的独立艺术作品或有出现。尽管如此，士大夫精神已不是艺术美和生活美的主旋律，它只是一种空谷幽兰的生命绝响。

近现代之后，由于社会动荡，战乱连连，再加上西方现代化所导致的实用主义、功利主义的渗入，中国的文学艺术遭到了进一步摧残，传统的艺术精神更进一步沉沦。艺术的政治化倾向、实用主义倾向和世俗主义倾向抬头，这直接导致了真正的艺术精神缺失，艺术的品位下降，高蹈精神向世俗俯首，自然和自由变身为功利和实用，士大夫精神更是变身为犬儒主义。中国近现代上百年的屈辱和战乱，更使得中国自古以来高洁的审美观变得扭曲和肤浅：黄钟大吕变成田野俚语，布衣青衫变成了披红挂绿，古琴琵琶变成了锣鼓鞭炮，洁身自好变成了争相取宠，安详宁静变成喧哗骚动，幽默风趣变成庸俗不堪……如果说是与非，美与丑是人类最基本标准的话，那么，很长一段时间里，这种基本标准都在丧失，很多人已分辨不了是与非，也分辨不了美与丑。“文革”时期八个脸谱化的样板戏在左右着中国人的全部精神生活，这样的现象，又何尝不令人扼腕叹息！

如果说中国当代教育存在着诸多问题的话，那么，以我的理解，当代教育最大的失败，甚至不是传统丢失、精神扭曲以及弱智低能，而是在美育上的缺失。这一点，只要观察我们周围的人们，就可以得出这样的结论——在我们的周围，到处都是对于生活没有感觉，对于美丑没有鉴别的人。他们所拥有的，只是功利，只是物质，只是金钱，只是对美丑的弱智的鉴别和判断。这些人不仅仅是一些教育低下的人，甚至，一些貌似受过良好教育的人也是这样——他们虽然拥有很高的学历，有很好的教育背景，但在美丑的辨别力，以及对于艺术、心灵的觉察力、感悟力和理解力上，同样表现得能力低下、缺乏常识。这样的现象，实际上是我们多年以来的教育缺乏美育，缺乏精神导向的结果。一个人的审美，是与道德和智慧联系在一起的，审美的缺失，实际上也是道德和智慧的缺失。一个对美缺乏判断力的人，很容易在人生中缺乏动力和方向，也很容易被民族主义、法西斯主义、极端主义、工业主义所奴役，成为过度现代化的牺牲品。在很多时候，这种人不可能是一个丰富的生命，只是一架精神匮乏的机器。

现在，这一套由合肥工业大学出版社精心组织的“最美中国丛书”，似乎在某种程度上，弥补了一些“寻根”和美育上的缺失。该丛书旨在“重建中国优美形象，重构华夏诗意生活”，通过对古代思想、伦理道德、文学艺术、风景民俗、器物发明等的重新梳理，重新发现中国特有的美，倾情向世人推介这种美，以期真正的美得到传承。这套书知识精准，图文并茂，力求童趣与大美的融合，悦目和感人的统一。对于正在成长的青少年来说，这一套书，应是一个不错的选择，最起码它可以让人知道，什么是中国的最美，什么是中国真正的美。继第一辑十本书受到业界、读者的广泛好评之后，合肥工业大学出版社又趁势推出第二辑“物华灼灼”和第三辑“文质彬彬”，加在一起又有20本，这两辑丛书在第一辑相对比较宏大叙事的基础上，着力聚焦中华文化的细节之美，视角更为开阔，叙述更为细腻。无疑是值得期待的。

上个世纪初，北京大学校长蔡元培先生曾经提出过著名的“五育并举”教育方针，“五育”为：军国民教育、实利主义教育、公民道德教育、世界观教育、美感教育。其中，美感教育尤其有特色，蔡先生还以“以美育代宗教”的口号闻名于世。在蔡元培看来，美育是宗教的初级阶段，对于没有宗教传统的中国人来说，美育教育是一种基础，并且相对宗教，美育更安全，更普及，也更为人接受。通过美育，可以培育出道德是非的基础，培育出向上的力量。虽然蔡元培的这一观点引起过一番争论，但对于一个人来说，有美的熏陶，有对于美丑的正确判断，怎么都不能说是一件坏事。并且，美与是非，与善恶，与道德，与人类的心灵，与这个世界的根本，是联系在一起的。以对美的判断和感知为出发点，了解中国历史，了解中国文化，了解中国人曾经的艺术生活，了解一个民族的内心世界；从而进一步了解世界，了解世界的规律，与身边的一切做到和谐相处，都是大有好处的。

也许，这套书的意义就在于此。

【目录】

最美中国

温庭筠（约812—870），唐代诗人、词人。本名岐，字飞卿，太原祁（今山西祁县）人，是花间词派的重要作家之一。唐初宰相温彦博之后裔。诗词兼工，诗与李商隐齐名，并称“温李”；词与韦庄齐名，并称“温韦”。

菩 萨 蛮

玉楼明月长相忆，柳丝袅娜春无力。门外草萋萋，送君闻马嘶。画罗金翡翠，香烛销成泪，花落子规啼，绿窗残梦迷。

送君闻马嘶

古代交通不便，没有日行千里的飞机，也没有时速三五百里的动车、高铁，即使是一封家书，不知要踏碎多少马蹄也未必就能抵达，甚至永远留在了路上。想念亲人了怎么办？除了流泪、祈福，那就是登楼、望月了。登高楼之上，送亲人背井离乡，山高水长，路途遥遥，前程不卜，多想望断天涯路，能看见亲人的身影；举头望月，月悬高天，月落枕畔，今夕是何夕，不见亲人归，也只有借一缕月光，去传输剪不断理还乱的丝丝柔情了。

“玉楼明月长相忆”，写的就是登高远眺之景和望月抒怀之境。登楼看不见远方的亲人，不免伤心、怅惘；那枚或缺或圆的月亮，更是在对亲人的思念中催生无限伤悲。但接下来，一句“春无力”，其伤春伤怀之情更是跃然纸上。虽然是春天，虽然是“柳丝袅娜”，但面对离愁别绪，无限春色、寂静月色，传递的都是娇慵倦怠、形单影只的意绪。登楼、望月、拂梳，追忆朝暮相亲相爱的岁月，这些还不够，思夫的女子走到了春草生发的门前路径上，抚今追昔，百感交集，又一个春天悄然来临，年年岁岁春相似，不同的是，今年的春天只有一个弱女子独守寂寞。她想到了去年送夫远行的场景，犹闻骏马嘶嘶。“送君闻马嘶”是这首词的点睛之笔。去年的春天，此时此刻此地，要送君别了，泪湿衣襟，百感交集，送一程又一程，依依不舍，连马匹也嘶嘶呼号，久久不愿离去；今年的春天，此时此刻此地，柳树绿了，草长莺飞了，相思

之人该打马归来了吧，她似乎听见马蹄声声，马嘶如啸；可是，她苦苦等来的，只是垂柳、弯月般的病春和残酷的现实、无边的寂寥。亲人不归，天长地久，时光无聊，于是在衣服上画下各种图案吧，借以消解内心的忧伤；月影婆娑，烛光摇曳，画着画着，倏忽间看见红烛流泪，不禁触景生情，悲从中来，这哪里是蜡烛在流泪啊，分明是思君之人在抽泣！似乎累了、倦了，妇人在相思之苦中睡去，但夜，是梦出没的地方，她头落枕畔，梦也与之伴生。睡梦中，她犹闻子规声声啼血，子规子规，声声盼归；她从梦中一跃而起，推窗而望，唯见绿叶满树，唯见落英遍地，哪有心上之人的身影啊！她怯生生地退到床前，追忆着残梦中的美好瞬间，但这残梦似乎也消融于绿叶落英之间，不知去向了。如果说前句“送君闻马嘶”中的“马嘶”，是通过对往事的追忆，借以表述亲人被迫分离的痛苦；那么，这句“花落子规啼”中的“子规”，则

是通过梦境的营造，借以表述亲人相见不能的辛酸；马嘶，撕痛着思君之人的心扉，子规，啼鸣着思归之人的血泪。

温庭筠的这首《菩萨蛮》有情有调，有虚有实，马嘶凄厉，子规啼血，古朴而自然，凄美而虚幻，在深绵、哀怨的情韵中，绘制出了一幅动人心弦的画面，堪称“深文隐蔚，余味曲包”之作。

韦　庄（836—910），字端己，杜陵（今中国陕西省长安市附近）人，诗人韦应物的四代孙，唐朝花间派词人，词风清丽，有《浣花词》流传。曾任前蜀宰相，谥文靖。

归　国　遥

金翡翠，为我南飞传我意。罨画桥边春水，几年花下醉？　　别后只知相愧，泪珠难远寄。罗幕绣帏鸳被，旧欢如梦里。

花　下　醉

韦庄是晚唐文人，诗、词俱佳，尤以词丽，他的词如《悼亡姬》、《荷叶怀》等亲切感人，催人泪下，在中国诗词史上享誉甚高。《白雨斋词话》云："韦端已词，似直而纡，最为词中胜境。"陈廷焯在《词则》中说："词至端已（韦庄），语渐疏，情意却深厚。"王国维则在《人间词话》中写道："端已词情深语秀。"

据有关史料记载，蜀国时期，王建称帝，韦庄为臣，韦庄侍奉于帝，帝王偏偏喜欢上了韦庄的宠妾，并占为己有。于是，悲苦、无奈之余，他写下了这首刻骨铭心的辞章，抒发他的"别后只知相愧，泪珠难远寄"的愁情苦绪。关于这个故事，沈雄在《古今词话》中也有记载，他写道："韦庄……举乾宁进士，以才名寓蜀，蜀主建羁留之。庄有宠人，资质艳丽，善词翰。建闻之，托以教内人为辞强夺去。庄追念悒快，作《荷叶怀》、《小重山》词。情意凄怨，人相传播，盛行于时。"词中的"金翡翠"，即翡翠鸟，唱鸣婉转清脆，韦庄意欲用翡翠鸟这一意象，飞到心爱的人身边，或通过翡翠鸟，传达他的思念之情，当然，这是徒劳的，是痴情的使然。接着，韦庄沉浸于花前月下的美好回忆之中。彩画桥畔，小桥流水，春色无限，他们时而桥边畅饮、唱词，时而绿草堤岸间散步，时而沉醉于花丛；现在，彩桥依旧，流水潺潺，那短暂、美好的时光，流水般逝去，一去不复返了。他触景伤情，不胜其悲；更悲哀的是，虽是宠妾，竟不能护守于身边，于是他“只知相愧”，这是悲、愧交加的场景，悲之于一朝分手，天各一方，再也无缘相见；愧之于愧对对方，无力挽回这悲惨的结局；叫天不应，叫地不灵，只有以泪洗面，独自伤神，化鸟难成，这泪又何以寄往?！诉衷肠，字字含泪，无人倾听；细腻、婉转的笔触，碰到哪里都是痛。这还不够，虽已人去楼空，但睹物思人，还是忍不住悲从心起，他又看到了曾经共同使用过的绮罗帷幕，看到了那床体温犹存的绣花被子……双栖变独宿，物是人已非，旧梦如昨，也只能梦里梦外凄凉地活着了。写到这里，韦庄言语尽意犹存，把不尽的思念与痛苦，留在了心底，其“词深语秀”的胜境，也给读者留下了更大的想象的空间。

除了这首《归国遥》，韦庄还写下了《荷叶怀》，抒发宠姬被蜀主王建所夺之痛、之苦，他写道：“记得那年花下，深夜，初识谢娘时。水堂西面画帘垂，携手暗相期。惆怅晓莺残月，相别，从此隔音尘。如今俱是异乡人，相见更无因。”

李　璟（916—961），字伯玉，徐州人，南唐烈祖李昪的长子。公元943年嗣位称帝，年号保大，后因受到后周威胁，削去帝号，改称国主，史称南唐中主，庙号元宗。

浣　溪　沙

菡萏香销翠叶残，西风愁起绿波间。还与韶光共憔悴，不堪看。细雨梦回鸡塞远，小楼吹彻玉笙寒。多少泪珠何限恨，倚阑干。

西风愁起

未读李中主的这首词，我已感到了寒气袭人：菡萏香销……西风愁起……韶光憔悴……玉笙寒；这些似乎还不够，他还时而“不堪看”，时而“倚阑干”。为什么“不堪看”呢？怕啊，残荷败叶，花谢香销，萧瑟西风，落花流水，还有逝去的、不堪回首的光阴，还有凋零的、衰老的容颜，不看也罢，看了伤心、伤神；为何又要“倚阑干”？小楼昨夜，细雨霏霏，笙声款款，梦里梦外，尽是无法排遣的愁情苦绪，不去倚阑眺望、遥想，又能怎样？读李璟的这首词，隐隐地感到有一根若有若无的线，串联着一些叮当作响的词，也串连着我的思绪和好奇，引我入胜，步入他设置的一个又一个画面场景。

菡萏是一种植物，即欲开未开的荷花，语出《释文》：“未花曰菡萏，已花曰芙蓉。”俗话说，酒要微醉，花要半开，一朵花要快速、彻底地绽放了，离凋谢也就为期不远了。李璟，或者说词中的主人公是敏感的，在欲开未开、含蕊抱露的花束前，他想到了吐蕊之时的芳香，想到了绰约动人的风姿；但似乎已经看见了它的残枝败叶，看到了凋零、肃杀的那一刻。紧接着，这“不堪看”的时刻来临了，西风乍起，西风猎猎，顷刻之间，落叶纷纷，美丽的初绽的菡萏之花凋落了……这是青春之花的凋谢，是生命之花的凋谢，怎能不生发悲怆、凄凉之感！李璟描写的这场景，与屈原《离骚》中的诗句极为相似，屈原说：“惟草木之零落兮，恐美人之迟暮。”

上阕，写菡萏写西风，写得风吹水响；到了下阙，似乎平静了下来，写细雨，写梦境，写玉笙。他说，细雨梦回鸡塞远。这里，李璟用了一个典故，鸡塞，即鸡鹿塞，在今陕西横山县，马祖常在《次韵续学》中有诗云："鸡塞西宁外，笼沙北极边"，总之，鸡塞是一个遥远的地方。细雨，梦中，思亲之人的思念之情随梦游到了遥远的、不可企及的边塞，虽然是日有所思，夜有所梦，但却不见亲人的踪影；细雨敲打着门窗，梦醒之人，凭窗远眺，无限惆怅，无限哀伤；恰在这时，玉笙之声响起了，如歌如哭，如泣如诉，雨细夜寒，更觉彻骨入髓的凉意。此时此刻，此情此景，怎能不泪如雨下？怎能不爱恨交加？那爱，由心底而生，向着远方无限扩张，却又被岁月和时空的无形之墙骤然撞回；那恨，是无奈之恨，无用之恨，恨不能生出一双翅膀，飞到亲人身边，恨不能随梦移步，一寸寸走向心爱之人。这种惆怅，这万千遗恨，无处消解，无处寄存，只能化作一声叹息，只能倚阑眺望——那鸡塞之地，可有天晓，可有鸡鸣……

李璟写过两首《浣溪沙》，据说都是写给一位叫王感化的歌女的，她的歌清振木林，委婉动听，扣人心弦，深得李璟的喜爱；而李璟的词也以"清和宛转，词旨秀颖"为世人所传诵。有兴趣的朋友，不妨把他的两首《浣溪沙》放在一起仔细研读，一定能在写给同一个人的两首词中，读出它的共性和不同。

李 煜，五代十国时南唐国君，961—975 年在位，字重光，初名从嘉，号钟隐、莲峰居士。彭城人。南唐元宗李璟第六子，于宋建隆二年（961 年）继位，史称李后主。开宝八年，国破降宋，俘至汴京，被封为右千牛卫上将军、违命侯。后为宋太宗毒死。李煜精书法，善绘画，通音律，诗和文均有一定造诣，尤以词的成就最高。

乌 夜 啼

无言独上西楼，月如钩，寂寞梧桐深院锁清秋。　　剪不断，理还乱，是离愁，别是一番滋味在心头。

梧 桐 雨

李煜是五代南唐第三代君主，在北宋崛起，国势日衰，及至国破家亡，沦落为囚徒之时，他的作品多为抒发忧伤、悲愤的情怀之作，总是写得凄婉悱恻，动人心扉。他是南唐派中成就最高、影响最大、作品流传最广的词人，诚如王国维在《人间词话》中所说："眼界始大，感慨遂深。"

这首《乌夜啼》，就是李后主李煜的"离愁"名作。又是离别，又是离愁，又是登楼，又是望月，只是这次是无言，是独上。无言是假，有万语千言要说，只是无人倾听；独上是真，茕茕孑立，形单影只，不独上又有谁与之同上？在西楼远眺，不见亲人归来，天高云淡，唯见残月如钩，幽光凄凉，心中的隐痛不言而喻——人如寂寞梧桐，深锁庭院与时空之中。这里李煜用了"梧桐"这个意象，时值秋天，风吹树摇，天空飘飞的、地上滚动着的都是梧桐的叶子，一派悲萧的景象；而一个

“锁”字，让一把似有千钧之力的锁出现在梧桐与清秋之间，又把离愁中的“寂寞”锁在了心灵深处。据专家考证，“寂寞梧桐深院锁清秋”这句词，上承萧纲的“夜月似秋霜”，下承苏轼的“缺月挂疏桐”；而唐圭璋先生所说的“举头见新月如钩，低头让桐阴深锁，俯仰之间，万感萦怀矣”（《唐宋词解释》），则解释得再精确不过了。

离愁，因别离而忧愁。不见，想见；想见，见不到。牵挂、担心、冷暖、生死，丝丝缕缕，无尽无休，无始无终，想阻止都阻止不了。一次次希望，一次次失望，抚今追昔，思前想后，点点滴滴，历历在目，放不下，忘不了，正所谓“剪不断理还乱”，正所谓抽刀断水水更流。在这里，气氛被渲染，被烘托，空间被拓展，被扩大，也悄悄埋下启后的伏笔——“别是一番滋味在心头”。什么样的滋味呢？酸甜苦辣咸？朝思暮想？万念俱灰？都是，又似乎都不是，是一种说不出的滋味，说不出的苦，没有任何词语去表达，即使是再精准的词语，一旦说出，就索然无味了，那就索性不说了吧。在这里，李煜用了“别是”二字，这是他的高妙之处，这种滋味，只可意会，不可言传，说破则浅，不破则深，若想知深浅，非“别是”二字莫属，这也是这首词的艺术魅力所在。

李煜著名的词篇，还有一首《菩萨蛮》，是写给小周后的。他 18 岁时，与昭惠后周娥皇成婚，周娥皇又叫大周后，才貌双全，通史明乐，深得李煜宠爱。但大周后红颜薄命，婚后十年病亡；后来李煜娶了常到宫中看护姐姐的小周后，并为她写下《菩萨蛮》，两人情投意合，直至入宋。宋太平兴国三年，李煜被毒死，小周后悲痛万分，同年冬天也撒手人寰了。写爱怜也罢，写离愁也罢，李煜都能把环境氛围、人物情貌、心灵独白刻画得纤毫毕露，让我们在审美观照中去分享极富美学意象的生动意蕴。

王禹偁（954—1001）字元之，巨野人。晚贬知黄州，世称王黄州。公元983年（宋太宗太平兴国八年）登进士第，禹偁性刚直，遇事敢言，以直躬行道为己任，曾三次遭贬黜。著有《小畜集》。

点　绛　唇

雨恨云愁，江南依旧称佳丽。水村渔市，一缕孤烟细。　天际征鸿，遥认行如缀。平生事，此时凝睇，谁会凭栏意！

谁会凭栏意

王禹偁是个了不起的人，早年我读他的《黄州竹楼记》，就被他的恳切深情打动过。这首词是北宋最早的小令之一，也是他唯一的传世之作。写作这首词时，王禹偁任长州知州。起首一句“雨恨云愁”，就是他的心情了。都说云、雨并无喜怒哀乐，但也许有呢？知州词人王禹偁此时就觉得，那江南的雨，绵绵不尽，分明是恨意难消；那灰色的云块，层层堆积，分明是郁积着愁闷。

但即使是这弥漫着恨和愁的云雨之中，江南的景色，依旧是美丽的。南齐诗人谢朓在《入朝曲》写道：“江南佳丽地，金陵帝王州。”王禹偁肯定熟悉这首诗，但他谨慎地用了“依旧”二字，要表明什么呢？

一种无可奈何的情绪在弥漫。此时“凝睇”的王禹偁，看到蒙蒙的雨幕中，村落渔市点缀湖边水畔；淡淡的一缕炊烟，从村落上空袅袅升起；水天相连的远处，一行大雁，首尾相连，依次而飞。景色确实“佳丽”，但是这碧空之上“遥认行如缀”的“征鸿”，也许触发了他“平生事”的感慨，想到了男儿一生应当成就的事业。其实王禹偁并不得志，中进士后，只当了长州知州。这也许让他恨无知音，愁无双翼，不能像“征鸿”一样展翅高飞。睇视“天际征鸿”，心中含蓄深沉的感想，言而不尽，愈飞愈远，直至长天一空，无迹无痕。

这首词在艺术风格上，一改宋初小令雍容典雅、柔靡无力的格局，显示了别具一格的面目。江南水乡的景色，游子的客愁，读书人对于家国的抱负与承担，都委婉细致地曲尽在他的笔下。

寇　准（961—1023）北宋政治家、诗人。字平仲。华州下邽（今陕西渭南）人。寇准与宋初山林诗人潘阆、魏野、“九僧”等为友，诗风近似，也被列入晚唐派。

踏　莎　行

春色将阑，莺声渐老。红英落尽青梅小。画堂人静雨濛濛，屏山半掩余香袅。　　密约沉沉，离情杳杳。菱花尘满慵将照。倚楼无语欲销魂，长空黯淡连芳草。

密 约 无 期

寇准是北宋著名政治家，力主抗辽，性情刚烈，文武双全，曾于淳化、景德、天禧年间三度入相，他既有远大的政治抱负，又心怀七情六欲，曾在《江南春》一诗中写道：“日落汀洲一望时，柔情不断如春水”，表现出了他刚柔并济的人文品质。

“春色将阑，莺声渐老。”这两句描写春天美好的、诗情画意的景致即将消逝。他看到了什么？秋风瑟瑟之中，落叶坠地，万花枯萎，大地一片狼藉；他听到了什么？黄莺的啼鸣，一声接着一声，那么有气无力，那么老气横秋，再也不是清婉动人，声声入耳了。这八个字，寇准捕捉得很准，把一位年轻女子伤春感怀之情表现得既恰到好处，又不露声色，也为接下来的惜别和盼归埋下了伏笔。关于惜别，他写道：“红英落尽青梅小。画常人静雨濛濛，屏山半掩余香袅。”他说到“惜别”二字了吗？没有，而是从意象描写上去把握年轻女子的内心世界。万千花朵落英遍地，只有梅蕊在绽放中，尚存些许小小的青果。而无论是

“画堂”，还是“屏山”，都似乎在告诉我们，年轻女子出身于大户人家，有庭院，有画廊，有清香弥漫的茶室，有富丽堂皇的饰物和景观；然而庭院深深，亲人已经远行，剩下的只有空旷、寂寥和静雨香袅中的伤心与惆怅。写到这里，我们不能不说寇准是独具匠心，出神入化，这样的连前瞻后，这样巧妙的艺术铺垫，让读者的一颗心，悬在了那里，像钟摆一样不安地左右摆动着。

如果说寇准在上片描写了一幅暮春景残、寂寞凄凉的景象，那么在下片，他则通过直抒胸臆，让伤愁的年轻女子从幕后，走到了台前。“密约沉沉，离情杳杳。”密约，曾经是频繁的、甜蜜的约会，或花前月下，或庭院烛堂，而今竟成“离情”！词写到这里，又是“沉沉”，又是“杳杳”，叠字妙用，所指不一，两种境地，两种心态，跃然纸上，情，何以堪？苦，也无以言状。因此，接下来，年轻的女子连镜子也懒得照了，她不愿看见自己悲怜无助的样子，就让镜子落满灰尘吧。“菱花”是古代铜镜的代称，铜镜背面通常铸有菱花的图案；而“慵将照”，就是懒得坐在镜子前梳妆打扮了，女为悦己者容，心爱的人不在身边，再好的芳容美貌又给谁看呢？春风已远，凄雨绵绵，亲人不在，哀伤无限。无奈、悲伤中，年轻女子以慵倦之态登上了小楼，雨还在下，风萧萧兮，她倚楼远眺，只见衰草连天，星隐月去，夜色低沉，却看不见郎君的影子，除了无语，除了荡魂失魄，她又能怎样！

“密约”历历在目，“离情”遥遥无期，这种含思凄婉，景中生情，情寓于景的艺术风格，让我们欣赏到了一首静穆向上、凄美动人的不朽篇章，诚如司马光所言，颇有晚唐风韵，是一首“脍炙一时”之作。

林　逋（967—1028），字君复，大里（今奉化市）人。不娶，无子，唯喜植梅养鹤，人称“梅妻鹤子”。著有《林和靖诗集》。

长　相　思

吴山青，越山青，两岸青山相送迎。谁知离别情？　君泪盈，妾泪盈，罗带同心结未成，江头潮已平。

潮平心难平

提起林逋，人们自然会想起“梅妻鹤子”的故事：一生未娶妻生子的林逋，视梅如妻，视鹤如子。他爱梅花，迎风傲雪，一枝独秀，因此，宅旁路道，房前屋后，遍置梅树，还为梅花写下了千古不朽的名句：“疏影横斜水清浅，暗香浮动月黄昏”。他爱仙鹤，曾寄居孤山，养鹤两只。纵之，让其展翅凌云，让其尽自由自在之风姿；收之，置于笼内，喂食添水，言语相慰，俨然慈父；即使是泛舟湖上，也是与鹤同行，遇亲友玩童，即纵空中，尽展青山绿水、闲云野鹤之情趣。

然而，终身未娶、无妻无子的“独身主义者”，怎么会写下《长相思》呢？让很多人诧异。从词句中不难看出，这位愁肠百结的女子，已送情人来到了吴山、越山之畔的钱塘江边，山清水秀，树木苍翠，仿佛在迎送过往的行人，也阅尽了人间的悲欢离合，可谁又能像她这样正在亲历这样的离别伤情呢——“谁知离别情？”天知，地知，你知，我知也！离别在即，二人禁不住热泪盈眶，他们执手相看，无语凝噎，千言万语，竟不知从何说起；这情景，比一般的离别更愁上加愁的是“罗带同心结未成”；有情人未成眷属，有情人从此天各一方，那一定是心如

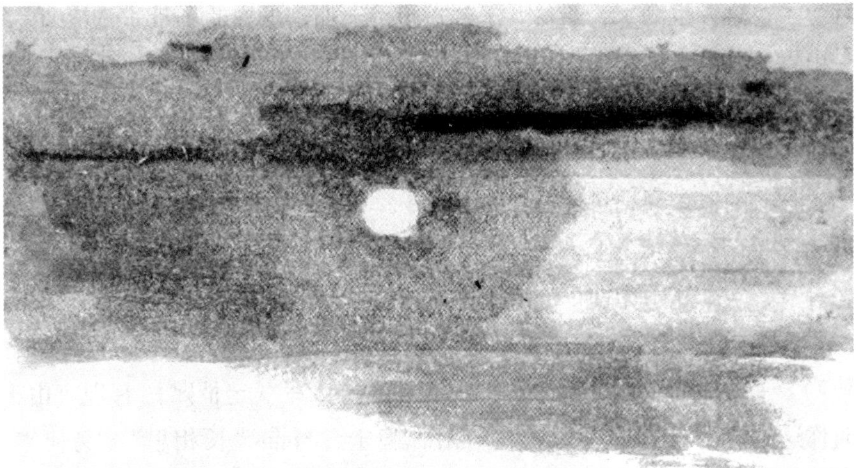

刀割般痛疼。俗话说，千里相送，终有一别，正当他们难分难舍之际，解缆了，舟人报潮了，船要开了，想想看，那是怎样的场景——依旧是吴山青，越山青，行人如织，只是心爱的人已随波逐流，渐行渐远，直到看不见了踪影；一句“江头潮已平”，含蓄，自然，看似漫不经心，看似平静中波澜起伏，潮已平，岂能平？

林逋的这首词选自他的《闲情赋》，巧合的是，当年的陶渊明也写过一首《闲情赋》，他写道：“愿在丝而为履，附素足以周旋。悲行止之有节，空委弃于床前。”可谓直白、大胆，又罗曼蒂克，唐代司空图读罢这首词不禁感叹道：“不疑陶令是狂生，作赋其如有定情。”（《白菊》）。有好事者指出，人家陶渊明有妻有子，写《定情赋》有理有由，而你这位清高自守、不慕名利的山林隐士，与谁“长相思”？又何来“闲情赋”？其实，陶渊明也好，林逋也罢，在牵涉爱情的问题上，他们的词中非但没有道学家眼中的“淫”，而更具有真挚深沉的情愫，值得我们在一咏三叹中去感悟其千古高风、闲情雅致！

柳　永（约987—约1053），崇安人。北宋词人，婉约派最具代表性的人物之一，代表作《雨霖铃》等。原名三变，字景庄。后改名永，字耆卿。排行第七，又称柳七。

雨　霖　铃

寒蝉凄切，对长亭晚，骤雨初歇。都门帐饮无绪。留恋处，兰舟催发。执手相看泪眼，竟无语凝噎。念去去，千里烟波，暮霭沉沉楚天阔。　　多情自古伤离别，更那堪、冷落清秋节！今宵酒醒何处？杨柳岸、晓风残月。此去经年，应是良辰好景虚设。便纵有千种风情，更与何人说？

更与何人说

这首词是柳永的名作、代表作。时值秋日，柳永离开汴京南下，临行前为所爱女子写下了这首"长亭送别"。诗人通过内在节律，在声声慢的"慢节奏"中，写哀恻中的缠绵，写凄婉中的柔美，写不忍中的离绪，写无奈中的宽解；于慢词长调中，写出了真挚动人的爱和"念去去"般无止境的牵念，把读者阅读的空间拓展开来，给人以无穷的想象和回味；这首词不仅体现了诗人的艺术风格，也堪称宋代"婉约派"词作的经典。

他起笔即用"寒蝉"二字，这是秋天之蝉，青赤色，小而弱，又称寒蛰、寒蜩。这两个字，读来就有寒气袭人的感觉；又是傍晚，又是长亭，又是雨后，天凉好个秋，离愁如蝉曲，一声蝉鸣，一缕秋风，都让他倍感恸心、凄凉，想到仕途失意、穷困潦倒，只有"把浮名，换了浅斟低唱”的命运，更是悲从中来。此刻，汴京城外，长亭之下，饯行之宴即将散去，美酒佳肴味同嚼蜡，且再无缘品尝，更不要说心情的伤悲和“无绪”了。一场骤雨，天助我也，尚可多留片刻；但很快云散雨歇，分手在即；一边是想留下，一边是频催发，走与留，仿佛一场拔河赛。他们牵手，握手，十指相扣，十指连心；他们四目凝视，泪水盈眶，欲流未流；他们语堵喉头，无言哽噎，思前想后，点点滴滴，历历在目，此时无声胜有声。还有，这次离开汴京远足他乡，不知来路，不明归途，从此相盼两茫茫，对此牵念无休止。仕途的坎坷，与爱人分手的痛楚叠加在一起，烟波、雾霭、楚天之阔和孤寂、空荡、无依无傍叠加在一起，眼前的情景和日后未知的命运叠加在一起，虚与实叠加在一起，离愁情状，凌空飞舞，让人心折骨惊！

再往下，我以为最摄人心魂的是“念去去”三个字，自此一别，山高水长，杳无音讯，说的是迫切之心，用的是不紧不慢的词句，更增加了几分痛楚，诚如清人刘熙载在《艺概·词概》中所说：“耆卿《雨霖铃》‘念去去’三句，点出离别冷落。”再回头看那句“竟无语凝噎”，吟伤秋离别之痛；再看下文的“清秋”与前面的“寒蝉”，起承转合，一线穿成，只是这无芒之针，穿行于古今，刺痛着你我，也不难

想象出，当时他们“执手相看”时的苦痛。而“念去去”三个字，则在语言色彩上，增加了整首词的艺术感染力，于意夺神骇之中，阐述了爱人之间难以割舍的情怀。诗人酒醉了，酒醒何处，醉如烂泥时天地浑然，酒醒了那个孤独的灵魂却无处寄存，不能安妥，杨柳依依也好，晓风残月也罢，今宵寸寸难熬，日复一日，年复一年，又该怎样度过，又是怎样的煎熬！这样的苦、愁、相念、牵挂，又能与谁去诉说！前与后呼应，虚与实对应，写得此爱绵绵，迂回曲折，在“念去去”的慢节奏语境中，充分展示了作者卓越的艺术才华和复杂痛苦的内心世界。

“更与何人说”，我之所以选择柳永的这句作题目，是因为它是整首词的“结点”，关于离愁，似乎已写尽了凄恻哀婉之情，也写尽了意致缠绵之境，有细节，有叙述，有场景，有感叹，但这些都在自说自语，自怜自影，心爱的人不在身边，心中的话又能说给谁听！

范仲淹（989—1052），字希文，唐宰相履冰之后。北宋著名的政治家、思想家、军事家和文学家。

苏幕遮

碧云天，黄叶地，秋色连波，波上寒烟翠。山映斜阳天接水，芳草无情，更在夕阳外。　黯乡魂，追旅思，夜夜除非，好梦留人睡。明月楼高休独倚。酒入愁肠，化作相思泪。

酒入愁肠

如果除去字里行间暗含的悲情，我一定会被范仲淹笔下这幅流动的山水画面所吸引：秋色之中，从早晨的碧云天色，到中午时分的寒烟之翠，再到夕阳西下时的山映斜阳；那遍地落叶，那微波涟漪，那水天相接，那明月高楼，那金樽美酒……

但秋天仿佛是一种病，它潜伏着，蔓延着，有意无意，让人愁肠百结。

那么多在秋风中晃动的景致，都成了药材，那晨曦、露珠、雾岚，那斜阳、芳草、水天，等等等等，都成了类似黄连、黄芪之类的药材，在风雨的煎熬中，苦涩紧紧包裹着曾经的、仅存的甜蜜——从古到今，从今往后，相思之苦，苦煞了多少柔弱的心灵啊！

从范仲淹这首词的开篇看，这应是秋天里的一个好天气，一大早就是秋高气爽，天净云白，会让人在阔达、深远之中，有一种身心舒畅的好心情；但接下来，他写到了黄叶，秋风飒飒，落叶遍地，百草皆病，一片肃杀之景。在这里，“黄叶”与“碧天”相对比，既写出了天空的

"碧"，又写出了大地上的"黄"，两种景致，两种心情，为下一句中"翠"字的出现作了铺垫。"翠"是复合之色，以"碧"与"黄"为元素，为底色，勾勒出"秋色连波"的秋景，于妙构巧思中描绘出了第三层次的色度对比和空间层次。只是这些词的妙用，并不在词本身的意义，而在于对后面词语的转合。"山映斜阳天接水"，有山，有水，有太阳，有天空，山水相依，水天相接，山映斜阳，秋色无限，按常理，该是诗情画意之境；但作者笔锋急转，在夕阳之外，暗藏的是"芳草无情"；这是怎样的"芳草"，让范仲淹这位深得朝廷重用的边塞名将如此牵挂和纠结？这"芳草"究竟姓甚名谁，我们永远不得而知，是他心爱之人却是令人深信不疑的——芳草之远，远在夕阳外……

上片写天和地、碧与黄，写山与水、芳草与斜阳，都是"虚"写，我们这位范文公到底要倾诉什么呢？我们必须进入下片，去他的"夕阳外"去看看。扼守边塞，家园故国之思让他耿耿难眠，偶有好梦入枕，也是哭醒梦中，偶有好梦留人，也是夜不能成寐。高月之下，高楼之上，栏杆形单影只地立在那里，倚还是不倚，"休独倚"，想倚，怕倚，无所倚矣！远眺，不见爱人归，那就喝酒吧，酒能浇愁，酒能浇解百愁，但别忘了，借酒浇愁愁更愁，一个“愁”字，心上之秋，秋风入骨，百草皆病，我焉能安然；那就喝酒吧，邀月对饮中，他哭了，泪入酒瓮，苦辣百味，那是相思之泪，无奈之泪，又可谓，独酌，徒有两行泪。写到这里，我不禁为范仲淹词中的儿女情长所感动，一位写作者，若心中无情，写下的只能是一些没有温度、没有生命的文字。

有谁不知道范仲淹的“先天下之忧而忧，后天下之乐而乐”的名句呢？恐怕无人不知，无人不晓。只是，我们在领略他宽阔高远的情怀和为天下而忧乐的志向时，一定不要忘了他是一个实实在在的、血肉丰满的人，不要忘了他英雄本色中的这段柔情，不要忘了他正在向我们走来，他早已置身我们中间。

晏　殊（991—1055），字同叔，抚州临川人。北宋前期婉约派词人之一，14岁时就因才华洋溢而被朝廷赐为进士。性刚简，自奉清俭，能荐拔人才，范仲淹、欧阳修均出其门下。生平著作丰富，计有文集一百四十卷，主要作品有《珠玉词》。

浣　溪　沙

一曲新词酒一杯，去年天气旧亭台。夕阳西下几时回？　　无可奈何花落去，似曾相识燕归来。小园香径独徘徊。

圆融的观照：你也似曾相识

这是古人生活的丰美一瞬，刹那间，世界明灭不定，你在小园里的花间，独自去来；淡淡的情意也如氤氲的花气，弥漫在此刻，弥漫在毛笔铺排的字句里。

一曲新词，一杯酒，本来是大宋官人的庸常生活，有些优雅，有些悠闲，也可能会生出无端的几分无趣无味——纵然这词谱得再出色，这樽中的酒再醇和，改变不了的，是生活的无尽绵延。

在光阴的回旋中，世界究竟能铺排出什么样的一种崭新景象？当夕阳西下，万物向晚，恍然间，生命已经不再如当初的生动与热烈——你回来了，然而你似曾相识，江南与家国似曾相识，宇宙似曾相识，正如那只翩然远遁又倏忽之间飞掠而来的燕子。

人因此显得多么渺小，无论你，无论我，无论北宋年间的晏殊。这正是别一番感慨，别一番滋味，谁愿意被动地去接受种种无可奈何的人生不堪和依凭呢？

一曲新词，一杯酒，酝酿出的一丝一丝心情，被心情细腻、身穿大宋官服的晏殊，独自把玩。一首词就这样静静地生长。是的，它也有着属于它自己的命和运，如同墨汁空空地滴落，滴落在历史久远的空灵背景里。

时光一开一合，睁开明澈的眼睛，却溢满了清冽冽的泪水——写意的大宋风光被装裱、被珍藏，“纸寿千年”，这就是民族文化的千古依凭，于是，在晏殊不动神色的吟唱中，光阴又“似曾相识”地流转了千年，只是，它也许并不无可奈何。

这真是圆融的观照。在文人晏殊的悠悠之思里，落日余晖，千里江南，最终缩略成小园香径。

据《宋史》，晏殊“文章赡丽，应用不穷。尤工诗，闲雅有情思”。我要说，这一份“闲雅”“情思”里，蕴含着中国人对于宇宙人生的绵绵透视。于是些微的波澜轻轻荡漾，不经意间，你我因此“似曾相识”，因此就可以长久地驻足流连。

欧阳修（1007—1072），吉州永丰（今属江西）人，北宋时期政治家、文学家。唐宋古文八大家之一，字永叔，号醉翁，晚号六一居士，谥号“文忠”。著有《欧阳文忠公集》。

生查子·元夕

去年元夜时，花市灯如昼，月上柳梢头，人约黄昏后。　　今年元夜时，月与灯依旧。不见去年人，泪满春衫袖。

去年心情今生心

元宵节在中国古代实在是有着类似西方“情人节”的袅袅意味。朦胧婆娑的灯光月影中，虽然心中早已暗相托付，然而却平时难得见面的情人，此夕此时，却可以借着观灯、赏月的由头，既大大方方、又不落痕迹地巧妙邀约。于是，经意不经意的凝眉、嬉闹，风情无限。

然而才回首，曾经相约的佳人已渐行渐远，古人的青春与感伤气息，扑面而来，亦真亦幻。因此这首词实在是一首美妙的情诗，寄托了青年男女多少美好的情思。

情味悠长的平淡语，点染出单纯生动的画面，挥发亲切、婉丽的人生的美。语言上的平淡，正如主人公殷殷情意的明白晓畅、浅显易懂。无边光阴的起伏流转，人生情事的转瞬即逝，是古今中外的诗人千古不易的吟唱主题之一。然而这首词来得真挚、自然，如果我们按照整首词来做简单的情景还原，可以看到，非常简单，简单得无以复加，然而又晶莹剔透：上片回忆从前幽会，充满希望与幸福；下片笔锋一转，时光飞逝，“今年元夜时”，作者的情思从回忆中翻转过来，却已“不见去年人”，感受到的只是“月与灯依旧”，主人公不由得“泪湿春衫袖”。这真是“当时已惘然”。

在我看来，酝酿在整首词中的是主人公一派“去年心情今生心”。在去年心情的映照下，景物依旧，人却已杳。睹物思人，情何以堪？情感的反差里，烘托此心此情，此时此夕却无处寄托的失落与忧伤。这种失落与忧伤，主人公起先是节制而含蓄的，仿佛在简简单单地告诉读者，去年怎样怎样，今年又怎样怎样了，看似平淡无奇，然而叙述在结句无可抑制地得到释放，达到高潮：“泪湿春衫袖”，整首词因此得以最终释放出它全部感人的力量。力量的来源，在于情感，人类最基本、最自然也最美好的情感，它既不张扬，也不隐晦，更不做作，相反，非常直率，直率得就像这首词平易的遣词造句。

王安石（1021—1086），字介甫，号半山，谥文，封荆国公。临川人。北宋时期的政治家、文学家、思想家与改革家。有《王临川集》、《临川集拾遗》等存世。

桂枝香·金陵怀古

登临送目，正故国晚秋，天气初肃。千里澄江似练，翠峰如簇。征帆去棹残阳里，背西风、酒旗斜矗。彩舟云淡，星河鹭起，画图难足。

念往昔、豪华竞逐，叹门外楼头，悲恨相续。千古凭高对此，漫嗟荣辱。六朝旧事随流水，但寒烟衰草凝绿。至今商女，时时犹唱，《后庭》遗曲。

谁解我大宋情怀

“拗相公”王安石的这首词作于江宁府任上，时年四十有六；两年后，他入中枢为相，开展他轰轰烈烈的帝国“改革”事业。

但写作这首词时的王安石，虽正值人生的壮年，报效家国的雄才大略暂时还不能施展，然而这肯定时时刻刻都萦绕在他胸中。有着一股宏大的意气激荡，他下笔自然与众不同。词的上阕描绘了一幅瑰丽的王朝胜景：翠峰林立，似丛丛绢花簇拥攒聚，万里长江如白色锦缎，铺展大地，清明澄澈的江波间，风帆樯橹交错往来。秦淮河岸，酒肆相排，酒旗斜挂；河面上载着乐女歌伎的画船，轻云薄雾中翩翩荡漾，嬉笑声、歌舞声惊得鸥鹭扑扑飞起，盘旋不定。好一派“画图”都“难足”的繁华景象！

“念往昔，繁华竞逐”一句，引出下阕的千古悠悠之心：作为政治家、文学家的王安石此时感叹的，是金陵如烟似云的“六朝旧事”中陈叔宝与张丽华日夜寻欢作乐，淫侈无度，最终亡国的史实。无怪乎杨湜在《古今词话》中说：“金陵怀古，诸公调寄《桂枝香》者三十余家，惟王介甫为绝唱。”据说苏轼见了这首词，也由衷地赞叹道：“此老野狐精也!”

这首词的末句，化用了杜牧的《泊秦淮》（“商女不知亡国恨，隔江犹唱后庭花。”）。所谓“后庭遗曲”，是陈后主所制艳曲《玉树后庭花》。然而，如果一个王朝不思进取，不能富国强兵，必然也如“玉树后庭花，花开不复久”，最终不免落得像六朝一样灭亡。

从艺术层面来说，这首词景物有实有虚，色彩有浓有淡，远近交错，虚实结合，浓淡相宜，构成一幅巧夺天工的金陵风景图。设色富丽如帆樯的白色、翠峰的绿色、夕阳的红色；动静幻化如将长江化为静止的白练、翠峰是“簇拥”成丛；远近相映如远景有夕阳、翠峰、长江和长江上往来的船只，近景有酒店、秦淮河与秦淮河上的彩舟、鸥鹭。

最慷慨的是全词的情景交融。王安石把澄江、翠峰描绘得如此生动明丽，把酒旗、彩舟抒写得如此形象醒目，把包括澄江、翠峰在内的一切景物置于“夕阳”下、“晚秋”中，给明丽的景色涂上一层暗影，再结合上下阙对读，真正是居安思危，心忧时弊，谁解我大宋情怀!

晏几道（约 1030—1106，或 1038—1110），字叔原，号小山，晏殊第七子，北宋著名词人，在词史上与其父齐名，世称小晏，结集《小山词》。

鹧 鸪 天

守得莲开结伴游，约开萍叶上兰舟。来时浦口云随棹，采罢江边月满楼。　　花不语，水空流，年年拼得为花愁。明朝万一西风动，争奈朱颜不耐秋。

“晏子与人交，风义盛激昂”

这首采莲词兼具民歌的清新明净和文人词的隽雅含蓄，别具情韵。莲花开了，一群女子结伴来采；拨开浮萍，上得船；到了浦口，晓日初升，云气尚未消散，笼罩船棹；待采罢归来，回到江边，夜月已上楼台。好花易谢，好景总不常，诗人由此推及恰如莲花的青春光景：“花不语，水空流”，好花无语，流水无情，“年年拼得为花愁”，然而“明朝万一西风动，争奈朱颜不耐秋”。至此人花合一，花与人、情与境在此妙合无垠：这些人间生动、丰盈的美，怎生挽留？

晏几道生活在北宋中期，他的创作生命和与歌儿舞女的交往密不可分。有人说：“叔原妙在得于妇人。”然而小山还有另外一面，例如欧阳修评价他时就说“晏子与人交，风义盛激昂”。哲宗元祐三年（1088年），当时在仕途上春风得意，在文坛上名满天下的苏轼欲见小晏，他却拒而不见。《碧鸡漫志》载，蔡京遣官求叔原长短句，小晏虽为之词，却无一语及蔡。

这些支离破碎的记载，也许能够稍微还原出立体的、丰满的晏几道。透过言辞的表面，小山的心灵深处究竟有着什么样复杂的人生气质呢？至少，远在当代的我能够感受到的是，中国文化中两种重要的边缘性意识，即自由精神与悲剧精神，应该是《小山词》的重要气质。小山的痛苦，既有自己生活的痛，也有面对无法把握的时间之流的痛苦；小山的思考，既有对生存状况的思考，也有与魏晋文人相似的、对人在普遍历史境遇中选择的可能性的思考。同时，他的不少作品中还透着那么一种静谧的禅意或是世事无常之感。这首词就约略透露出了几分信息，正如他自己所说，情词亦是要典雅工致，含而不露，讲究温柔敦厚，绝非浅俗直白，似从街井妇人口中道出。

黄庭坚曾说晏小山“四痴”：“仕宦连蹇，而不能一傍贵人之门，是一痴也；论文自有体，而不肯一作新进士语，此又一痴也；费资千百万，家人寒饥，而面有孺子之色，此又一痴也；人百负之而不恨，己信人，终不疑其欺己，此又一痴也。”

“失意文人”晏几道的“四痴”，几乎概括了古代中国文人的主流价值观和人格操守；作为底色，这是他们能够据以写出风神俱绝的作品的人生基本。

苏　轼（1037—1101），字子瞻，又字和仲，号“东坡居士”，眉州人，北宋著名文学家、书画家，散文家和诗人。豪放派代表人物。他与他的父亲苏洵、弟弟苏辙皆以文学名世，世称“三苏”。

定　风　波

（三月七日沙湖道中遇雨。雨具先去，同行皆狼狈，余独不觉。已而遂晴，故作此。）

莫听穿林打叶声，何妨吟啸且徐行。竹杖芒鞋轻胜马，谁怕？一蓑烟雨任平生。　　料峭春风吹酒醒，微冷，山头斜照却相迎。回首向来萧瑟处，归去，也无风雨也无晴。

一蓑烟雨任平生

此首词也作于黄州，就像那首《水调歌头》一样。在黄州，苏轼还写下了《寒食诗》这样的情不自禁、悲愤满怀的诗，墨迹甚至被人誉为“天下第三行书”。

苏轼的“常态”却是平和、安定的。比如，这已经是被贬黄州后的第三个春天，他和与他同行的一些人，忽然就遭遇到了噼里啪啦的一阵急雨。也许狼狈不堪，也许有的人恨不得赶紧找个地方歇歇，好躲避这场不期而遇的雨。苏轼不然。他说，“莫听穿林打叶声”、“何妨吟啸且徐行”、“竹杖芒鞋轻胜马”，他说：“谁怕？”

苏轼显然喝了一点酒。这增加了他此刻微醺的人生感受。寒风吹得酒醒，回首处，“山头斜照却相迎”，雨过天晴了。

人生也如此，阴晴不定，月圆月缺总属自然。这就是东坡拥有的、常人难以企及的豪爽了，于是归到结拍："回首向来萧瑟处，归去，也无风雨也无晴。"

大自然微妙的一瞬，往往只慷慨地馈赠给有着顿悟心的智者，让他的灵魂忽然敞亮、通透。至少苏东坡不负此行，他感受到了自然界的雨晴既属寻常，毫无差别，社会人生中的政治风云、荣辱得失又何足挂齿？我们也借过东坡的巨眼，明察了天地宇宙不动神色而又深邃无比的一瞬，就在最平常的乡间小道上。

醒醉全无、无喜无悲、胜败两忘，消极的人只能从中读出消极；积极的人呢？有什么样的进取能够可以不恒顺众生、恒顺宇宙的法则？

东坡果然是一个智者，他因此真做到了"一蓑烟雨任平生"，从嘉州到杭州；从汴京到儋州。

念奴娇·赤壁怀古

大江东去，浪淘尽，千古风流人物。故垒西边，人道是，三国周郎赤壁。乱石穿空，惊涛拍岸，卷起千堆雪。江山如画，一时多少豪杰。

遥想公瑾当年，小乔初嫁了，雄姿英发。羽扇纶巾，谈笑间，樯橹灰飞烟灭。故国神游，多情应笑我，早生华发。人生如梦，一樽还酹江月。

凝视：一条江与一个人

记得南京大学的程千帆先生做苏东坡的报告时，台下的我听得惊心动魄。陡峭不平的石壁插入天空，惊人的巨浪拍打着江岸，卷起千堆雪似的层层浪花。这是引得"英雄竞折腰"的壮丽江山，然而在苏东坡看来，也更应当是民生和谐、诗书传家、礼乐悠远的农耕民间。这几乎是坡翁品评议论时政与世事的出发点。他因此反对王安石的新政，也对保守派后来的“矫枉过正”持有异议。都说他是一个乐观豁达的人，我说他更是一个独立不移的人。因此在他的笔下，风云舒卷，格调迥异于常人。

事实上苏东坡贬在黄州任上，已经人到中年，他的人生已经过了三分之二；两年前被缚在行驶在运河上的缉拿他的官船里，他甚至曾经想到过自杀。那么，支撑他继续行走在广漠人世的动力究竟是什么呢？我们也许可以泛泛地列举出许多理由，比如他精通佛理、热衷参禅、崇尚老庄等等。在我看来，浸在骨子里的士大夫的事功精神应该是主因。也正是在这一点上，再多的荣辱沉浮、烟云幻灭，都磨灭不了苏东坡对于苍生社稷的热爱。这是一个民族的风骨。他的作品整体读过来，构成了一个时代一个人的心灵史，而且是大写的心灵史。

比如在这里，激荡的江山拍打着苏东坡广阔的胸襟，他注视着历史上另一个优秀的人：遥想当年刚刚娶了小乔的周公瑾，雄姿英发、俊朗无比，谈笑之间，建功立业。

这是心灵对于心灵的激发，是一颗心对于另一颗心的钦慕。惋惜之余，推及自身的困顿，苏东坡不禁“多情应笑我”而嗤笑自己“早生华发”。这是何等的俊迈，哪里有一丝老颓的气息？所谓“人生如梦，一樽还酹江月”，那是一声悠远的琵琶音，是作者此时此刻对于生命的无尽的体悟。

从晚唐五代的小词，发展到苏东坡，是词诗化的一个高峰，词因此可以像诗一样抒写自家的逸怀浩气。凭借逸怀浩气，举首高歌，旷达而不落寞，感慨而无局促，浩荡江流与千古人事并收笔下，这首词，确实是要关东大汉持铜牙板，大声铿锵，才能唱得淋漓尽致。

李之仪（1038—1117）北宋词人。字端叔，自号姑溪居士、姑溪老农。沧州无棣人。哲宗元祐初为枢密院编修官，通判原州。元祐末从苏轼于定州幕府，朝夕倡酬。元符中监内香药库，御史石豫参劾他曾为苏轼幕僚，不可以任京官，被停职。徽宗崇宁初提举河东常平。后因得罪权贵蔡京，除名编管太平州（今安徽当涂），后遇赦复官，晚年卜居当涂。著有《姑溪词》一卷、《姑溪居士前集》五十卷和《姑溪题跋》二卷。

卜 算 子

我住长江头，君住长江尾。日日思君不见君，共饮长江水。　　此水几时休，此恨何时已。只愿君心似我心，定不负相思意。

愿君心似我心

简单的心情，简单的场景设置：我与君同住长江边，同饮长江水，却一个住在长江头，一个住在长江尾。在古代，这是相当遥远的空间距离，比不得如今一个航班，几个小时就能见面。在古人的时空里，无处不在演绎着慢，我们现在可以轻松地说，那是因为物质条件的简陋，技术的不发达，然而，这一种光阴的慢里，衍生着多少生动的情意！甚至可以说，慢，恰恰往往是情感发酵、生命葱茏的必备条件。

在李之仪的笔下，这种慢演变为漫长，“日日思君不见君”，此情如水长流不息，此恨绵绵终无绝期。主人公于是诚挚地说，只但愿君心永似我心，彼此不负相思情意。这里面我觉得至少可以有两解，一是两情相悦的恋人在发着温柔的誓语，期待着见面后的彼此忠贞，因此美好而质朴；另一种，却有可能是毕生都无缘或者不能再见面的情人了。美好的情愫，压抑着的惆怅，甚至“恨”！恨谁呢？可以看出并非怨恨深藏心底的良人，而是漫漫的时空睽隔。这到底有些凄凉。但无论怎么说，这些情感都在时光中窖藏，成就情爱的醇绵、悠长——都是因为“慢”。

语极平常，感情却深沉真挚。古人的质朴情意，跃然纸上。“愿君心似我心”，那我也愿今人的情感也一如古人的情感，不事雕饰，不事夸张，不去过分的快捷，多一份思量。至此，这首词至今仍然能够穿越千年，久久回荡在民族隐秘的文化脉息中，就更加耐人寻味了。

字面意思浅直，含而未宣、任人体味，因此带给人的真是一番深婉含蕴、款款情意。

黄庭坚（1045—1105），字鲁直，自号山谷道人，晚号涪翁，又称豫章黄先生，洪州分宁人。北宋诗人、词人、书法家，江西诗派开山之祖，英宗治平四年（1067 年）进士。

千 秋 岁

（少游得谪，尝梦中作词云："醉卧古藤阴下，了不知南北。"竟以元符庚辰死于藤州光华亭上。崇宁甲申，庭坚窜宜州，道过衡阳。览其遗，始追和其《千秋岁》词。）

苑边花外，记得同朝退。飞骑轧，鸣珂碎。齐歌云绕扇，赵舞风回带。严鼓断，杯盘狼藉犹相对。　　洒泪谁能会？醉卧藤阴盖。人已去，词空在。兔园高宴悄，虎观英游改。重感慨，波涛万顷珠沉海。

千秋词在，珠已沉海

词的序文告诉我们，这首词作于宋徽宗崇宁三年（1104 年）。当时黄庭坚被贬宜州，经过衡阳，在秦观的好友、衡州知州孔毅甫处，见到了秦观的遗作《千秋岁》词，一时感慨万千，追和此作。

这首词让人激赏处，在于情深。上片写两人在朝为官时的欢乐，"飞骑轧，鸣珂碎"，联骑奔驰，毕现两人退朝以后的快意情状；"齐歌云绕扇，赵舞风回带"，公余之暇征歌逐舞；"严鼓断，杯盘狼藉犹相对"，那是酒酣耳热，知音两契，纵论天下。然而"洒泪谁能会"，秦观已死，坟有宿草，他黄庭坚此时正奔赴贬所宜州途中！透过时光的千秋之眼，今天的我们，不无心酸地看到，即将来临的明年，也即崇宁四年（1105 年）九月三十日，黄庭坚将客死宜州。

“醉卧藤阴盖”，出自秦观的《好事近》。“人已去”而“词空”，“高宴”因此“悄”，“英游”因此“改”，真是“重感慨，波涛万顷珠沉海”。

感情深沉郁勃，上片的欢乐与下片的悲愤，对比强烈，既抒发悼念故人的深情，同时也表露出自己的身世之感，切身之痛。那一种惺惺相惜，是一个优秀的人对另外一个优秀的人的珍重，古人的人情之美，也毕现无遗。

其实何止是秦少游，包括黄庭坚本人，都已是千秋词在，珠已沉海！

秦　观（1049—1100），字少游，一字太虚，号淮海居士，别号邗沟居士；“苏门四学士”之一。扬州高邮人。北宋文学家、词人。

鹊　桥　仙

纤云弄巧，飞星传恨，银汉迢迢暗度。金风玉露一相逢，便胜却人间无数。　　柔情似水，佳期如梦，忍顾鹊桥归路。两情若是久长时，又岂在朝朝暮暮。

从想象到现实：最是人间长深情

秦少游笔下处理的其实是一个在他当时就已经略微陈旧的题材，一个神话故事。这故事《古诗十九首》里出现过（“迢迢牵牛星”），曹丕写过（《燕歌行》），李商隐写过（《辛未七夕》），甚至他同时代的大家们，比如欧阳修、柳永、苏轼、张先等，也曾吟咏过。牛郎、织女缠绵的情思，也像天河里流了千年的河水，绵绵不绝，不时激起回响。

故事在天上，悲欢离合总在人间。对于人间情事不同的观照角度，不同的诗人笔下的句子自然不同。少游就写得很美，很悱恻，很久远。这故事如今耳熟能详、妇孺皆知。网络上经常有人呼吁，要将“七夕节”立为中国的“情人节”，秦观功莫大焉。虽然我个人觉得它更像“夫妻节”。

为什么这样说？因为此词真是独出机杼，立意高远。先写佳期相会的盛况，“织云弄巧”二句为牛郎织女每年一度的聚会渲染气氛，用墨经济，笔触轻盈。“银汉”句写牛郎织女渡河赴会推进情节。“金风玉露”二句由叙述转为议论，表达作者的爱情理想：他们虽然难得见面，却心心相印、息息相通，而一旦得以聚会，在那清凉的秋风白露中，他们对诉衷肠，互吐心音，是那样富有诗情画意！这岂不远远胜过尘世间那些长相厮守却貌合神离的夫妻？

“柔情似水”，牛郎织女缠绵此情，犹如天河中的悠悠流水；“佳期如梦”，既点出了欢会的短暂，又真实地揭示了他们久别重逢后那种如梦似幻的心境。“忍顾鹊桥归路”，那是牛郎织女临别前的依恋与怅惘了。这一“忍顾”，意味深曲：看犹未忍。这其实也如“红海盐柱”般触目惊心。古希腊的故事设定是一次性的——他的妻子定格成了盐柱，永远不得还原，因此是悲剧；在中国的神话故事中，它一年一度反复地提醒着人们：人间的幸福该得怎样珍重才是！

从想象回到现实，感叹的期望的仍是人间长久的深情：“两情若是久长时，又岂在朝朝暮暮。”这是笼罩在人间的美好梦境，在少游的诠释里，对牛郎织女致以深情的慰勉：只要两情至死不渝，又何必贪求卿卿我我的朝欢暮乐？

抒情、写景、议论融为一体。意境新颖，设想奇巧，独辟蹊径，这首词因此既自然晓畅、又婉约蕴藉，余味隽永。

晁补之（1053—1110），北宋时期著名文学家。字无咎，号归来子，济州巨野人，为“苏门四学士”之一。

鹧鸪天

绣幕低低拂地垂。春风何事入罗帏。胡麻好种无人种，正是归时君未归。 临晚景，忆当时。愁心一动乱如丝。夕阳芳草本无恨，才子佳人空自悲。

春风何事入罗帏

但凡有女人的地方，就会嵌着欢喜和恼怒，嵌着良辰和闺怨，会暗香盈盈，不过有时也会猛然生出“悔教夫婿觅封侯”这样的低低的恨意。

此刻正是。帘幕低垂，拂到了地上。这女子嗔怒于傍晚时分拂起的阵阵春风，没事跑到我房间里来干什么？

这真是期期艾艾的春愁：已是种胡麻的大好季节啊，那人该得归来才是，却仍是未归，谁来播种！据说古人认为，胡麻须由夫妻同种才能长得旺盛。其实何止是胡麻须得夫妻同种啊！合欢的生活，需要太多的齐心协力，才能生出朴素的欢喜。这道理她懂，她的“君”懂，写作这首词的晁补之懂，但她不能说出，晁补之也不挑破，真是烦恼。天色渐晚，夕阳西下，女子又想起往日的欢愉时光，想着想着生出了哀愁，唉，心乱如麻！

晁补之此时忽然无事人一般走到前台，空空地吟唱：夕阳芳草本无恨，才子佳人空自悲。也许吧，夕阳和芳草并没有你我常说的感情，也不会生出离恨相思，只不过才子佳人借它们为自己悲叹罢了。

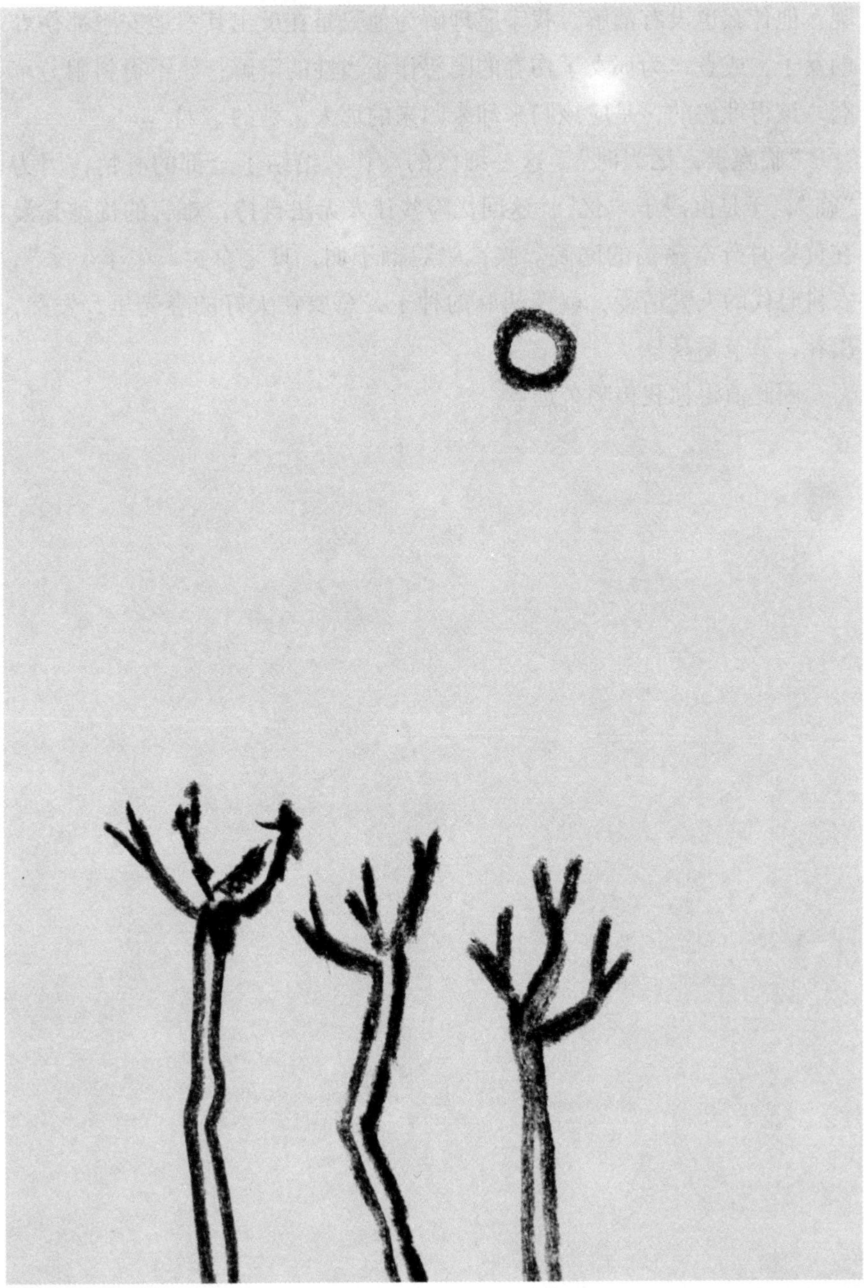

不过话又说回来，离开了人，离开了美好的情和爱，斜阳也好芳草也好，可能也就谈不上有情无情、有意义无意义了。晁补之消解了什么呢？他什么也没有消解，我宁愿理解为他只是在反出其意地安慰那伤春的女子，或者，为那女子伤春的闺怨作正当性的辩解：怨不得斜阳芳草啊，该得埋怨的，是应该归来却未归来的那人，她的“君”。

“临晚景，忆当时”，这一细微的动作，缩结了全部的心情，因为“临”，于是沉浸于“忆”，这回忆险些让人无法自持，难言的忧愁弥漫在黄昏时分空荡荡的庭院。唉，“鸡栖于埘，日之夕矣，牛羊下来”，农耕时代的夫妻情爱，就像胡麻的种子，总要在大好的春光里，发芽，茁壮，节节攀高！

因此值得你我传唱久远。

晁冲之，生卒年不详，宋代江西派诗人。字叔用，早年字用道。济州巨野人。晁氏是北宋名门、文学世家。晁冲之的堂兄晁补之、晁说之、晁祯之都是当时有名的文学家。

汉宫春·梅

潇洒江梅，向竹梢稀处，横两三枝。东君也不爱惜，雪压风欺。无情燕子，怕春寒、轻失佳期。惟是有、南来归雁，年年长见开时。
清浅小溪如练，问玉堂何似，茅舍疏篱。伤心故人去后，冷落新诗。微云淡月，对孤芳、分付他谁。空自倚，清香未减，风流不在人知。

风流不在人知

古人爱梅，其实爱惜的是自己。作为隐喻，它暗含的实际上是一种文化的选择性提醒。中国古诗词的美好，用叶嘉莹的话来说，它足以让涵咏其中的我们“人心不死”。

然而人生毕竟总有困顿，任何人都不例外。如何在困境中让“人心不死”？这首词便是一例：长在茅舍疏篱下的野梅，寂寞、凄清，连燕子都不肯与它亲近；艰难、无依，薄情的风雪经常向它施加淫威。然而它却耐得住寂寞，经得起摧残，你看清如白练的小溪旁，疏影横斜，清香依旧。句格舒缓纡徐之中，梅之孤高与环境冷落通过言词得到显现，而作者的人格期许也从中得到进一步的自我确认。一系列色淡神寒的字词，宛若一幅水墨画，刻画了梅，和梅花生长、绽放的周围环境，勾勒出梅花的骨骼精神，实在给人以清高拔俗的感受。

结尾三句则以拟人化的手法，将梅的孤高自许的风流标格，推向高潮："风流不在人知"。这是暗中推己及梅，又推梅及人。梅的象征化意义再次凸显，晁冲之就此收束全篇，然而梅的深长余韵，袅袅清香，至今犹在。

全词风格疏淡隽永，含蓄蕴藉。

周邦彦（1057—1121），表字美成，号清真居士，钱塘人。北宋末期著名的词人。历官太学正、庐州教授、知溧水县等。徽宗时为徽猷阁待制，提举大晟府。精通音律，曾创作不少新词调。作品多写闺情、羁旅，也有咏物之作。格律谨严，语言典丽清雅，长调尤善铺叙，为后来格律派词人所宗。有《清真集》传世。

蝶恋花·早行

月皎惊乌栖不定，更漏将残，辘轳牵金井。唤起两眸清炯炯，泪花落枕红绵冷。　执手霜风吹鬓影，去意徊徨，别语愁难听。楼上阑干横斗柄，露寒人远鸡相应。

一场精心的回忆

这是一个什么样的早晨呢？月光皎洁明亮，乌鸦惊叫不停。更漏快要没有了，屋外摇动轳辘在井里汲水的声音传进房间。谁呢？是隔壁的邻人，还是房舍的主人？不得而知。周邦彦后来缓缓地告诉我们说，这简单的、吱吱呀呀的声音，曾经惹得一个女子的眼睛清光灼灼地凝视着他，仿佛时光已然单调地凝滞。这双眼睛看来如此明亮，因为溢着泪水。泪水几乎陪伴了女子刚刚过去的整个夜晚，滴落在枕头上，连枕中的红绵都已经湿透了。

两人手拉着手来到庭院，任霜风吹着她的头发。离别的双方难舍难分，告别的话儿听得让人落泪断肠。楼上星光正明亮，北斗星横在夜空。天色渐明，远处传来鸡叫，仿佛催人分别。

我愿意将这首词看做是周邦彦本人的一场精心的私人回忆。在回忆

中，往事是如此清晰，却又在日渐模糊，他因此只能记得那些刻镂在他灵魂之中的一些细节了。这些细节勾勒了画面，发出清脆的音响，于是在今天看来，一个人的早行时分，正在像蒙太奇一样拼合：“惊乌”、“更漏”、“辘轳”、“霜风”、“鬓影”、“斗柄”、“鸡鸣”；一些细微的动作，比如“栖不定”，“牵金井”，“唤起”，不由得让读着这首词的你，心灵也顿时细腻起来。这早行的人，已然就是你了。

平生热爱音乐的周邦彦，实际上将这首词写得乐感十足，这破晓时分的别离情状，因此缠绵悱恻，历历在目，凄寒透骨。没有感情的直抒，各句之间也少有连结性词语，充满乐感的跳跃中，人与物的情态、动作生动而细腻。无怪乎王国维感叹说，“言情体物，穷极工巧”。实际上，在语言的背后，美成更习惯于用他对于音乐的敏锐感受，用他的“思考力”作词，而且了无痕迹，他的词作因此显现出精心结构的不凡魅力。

毛　滂（1060—1124?）字泽民，江山（今属浙江）人。元祐中，苏轼守杭，毛滂为法曹，颇受器重。元符初，知武康县，改建官舍“尽心堂”，易名“东堂”，狱讼之暇，觞咏自娱其间，因以为号。著有《东堂集》十卷。

烛影摇红·松窗午梦初觉

一亩清阴，半天潇洒松窗午。床头秋色小屏山，碧帐垂烟缕。
枕畔风摇绿户，唤人醒，不教梦去。可怜恰到，瘦石寒泉，冷云幽处。

也愿能作此松窗午梦

这样的闲雅生活，如今已经难得一觅了。怨不得其他，今天的生活变化得这么快，在都市的钢筋丛林里，“一亩清阴”、“半天潇洒松窗午”几乎就是当代人遥不可及的奢望。

但这不妨碍我们也作回“午梦”，在梦中向往昔的生活致意。“一亩清阴”，这松树荫庇的面积确实够大；“半天潇洒”，松树果然高爽。午梦初觉，透过窗口能看到“一亩清阴，半天潇洒”，实在是神清气爽，让人歆羡。“床头”的屏风上也许画的是宋人江山秋霁，散淡出神；床上的碧纱帐子像是一缕缕绿烟，凉意阵阵拂面。

此刻词人午梦方醒，松阴笼罩之下，似乎仍然流连梦境之中，心中充满似梦似醒的迷蒙之感。忆得梦中所见的，是来到一个莫名的地方，那里有瘦石，有寒泉，有冷云。

有瘦石，有寒泉，有冷云的地方，会是什么地方？噫！待我长久地注视着一幅幅脉络已渐模糊的宋人山水图，不由得眼角濡湿——毛滂，你轻悠缥缈的语句，真也若一场午梦。

回过头，电视屏幕上，“壹周立波秀”正爆出一场大笑；互联网上传过来的 QQ 也不失时机地“蛐蛐”得热闹。

朱敦儒（1081—1159）字希真，号岩壑，河南人。早有声名，但不愿为官。高宗绍兴二年（1132 年），始应召入朝，赐进士出身，为秘书省正字，擢兵部郎中，迁两浙东路提点刑狱。秦桧为相时，任鸿胪少卿；桧死，遭罢免。早年生活放荡，词风尚婉丽。中年，逢北方沦陷于金，国破家亡，多感怀、忧愤之作，格调悲凉。晚年隐居山林，词多描写自然景色与自己闲适的生活。著有《岩壑老人诗文》，已佚；今有词集《樵歌》。

鹧　鸪　天

天上人间酒最尊。非甘非苦味通神。一杯能变愁山色，三盏全迴冷谷春。　　欢后笑，怒时瞋。醒来不记有何因。古时有个陶元亮，解道君当恕醉人。

此中有真意

这是一首有趣的词，写来闲散、潇洒。这人自然也是一个有趣的人了。早年的朱敦儒，以清高自许，不愿做官，寄情山水，放浪林泉，过着悠闲自得的隐逸生活。靖康之难后，朱敦儒被征召出仕，做过短暂的行政官员，《宋史·文苑传》描述他，“志行高洁，虽为布衣而有朝野之望。靖康中，召至京师，将处以学官，敦儒辞曰：‘麋鹿之性，自乐闲旷，爵禄非所愿也。’固辞还山。”

也许正是因为他长期隐居江湖，朱敦儒被时人称为“天资旷逸，有神仙风致”的一名词人，他的作品有很大一部分反映闲适的生活。

在中国传统文化中，酒往往是一个不可缺少的元素。李白“斗酒诗百篇”，成为文坛佳话。历代文人墨客也多与酒结下了不解之缘。朱敦儒的三卷词集，取名《樵歌》，十之五六都散发着醇厚的酒香。他自称“诗万首，酒千觞”（《鹧鸪天》）、“日日深杯酒满”（《西江月》），真真是一名嗜酒、味酒、识酒的人，果然豪迈之士！

比如这首词，说尽了酒的妙会。赞其非甘非苦，亦甘亦苦，味能通神。一杯下肚，可使愁山变色，冷谷回春，息怒解愠，忘忧消愁，真可谓妙用无穷，是天上人间最为尊贵之物。

于淡而静的空旷境界中，透出洒脱的情调。语言浅显易懂，境界单纯、明净，风格自然飘逸，自成一格的“朱希真体”或“樵歌体”，对构成“一心多在尘世外”的隐逸词派，影响很大。

赵　佶（1082—1135），宋徽宗，宋朝第八位皇帝，在位25年，国亡被俘受折磨而死，终年54岁。他自创一种书法字体，被后人称之为“瘦金体”；他在书画上的署名是一个类似拉长了的“天”字，据说象征“天下一人”。

眼　儿　媚

玉京曾忆旧繁华，万里帝王家。琼林玉殿，朝喧弦管，暮列笙琶。花城人去今萧索，春梦绕胡沙。家山何处，忍听羌笛，吹彻梅花。

忆得万里帝王家

孟元老《东京梦华录》从各方面描绘了宋徽宗崇宁年间直至北宋末年的汴京盛况，并在序中作了概括介绍，如“金翠耀目，罗绮飘香；新声巧笑于柳陌花街，按管调弦于茶坊酒肆。八荒争凑，万国咸通。”“花光满路，何限春游；箫鼓喧空，几家夜宴。”这是文人眼中的京师景象。当赵佶父子和宗室宫眷都成为俘虏，从此揭开他生命悲惨的一页的时候，“万里帝王家”便只能存在于记忆中了。

南唐的李煜《破阵子》有句云：“四十年来家国，三千里地山河”，表达的其实是同样的个人感怀。如今“春梦绕胡沙”，然而“琼林玉殿”犹在梦中，那可是“山林岩壑日益高深，亭榭楼观不可胜记，四方花竹奇石咸萃于斯，珍禽异兽无不毕有”（《枫窗小牍》）啊！弦管笙琶“朝喧”、“暮列”，如今安在？帝王的“艺术”人生实在不堪回想！

大观年间也曾风流蕴藉。比如某一年踏春归来，赵佶雅兴勃发，以“踏花归来马蹄香”为题，在他的御花园举行画考。众画师环侍，一名青年画匠欣然命笔：富贵冶丽的设色过后，几只蝴蝶飞舞在奔踏的马蹄周围。宋徽宗俯身，细览，抚掌，大赞：“妙！妙！妙！立意妙，意境深。本无形迹的花‘香’如此便有形地跃然纸上了，果然香气扑鼻!”众画师莫不惊服。也许赵佶认为，这样的生活才是对于时间、空间和生命的最好诠释。

然而此刻想象、梦幻和现实交织在一起，细细密密地，被亡国之君赵佶谱到了一起，毫不客气也毫不夸张地说，凝着他的血和泪。亡国之痛、故国之思来得如此深切。“花城”是靖康之变以前“万花争出粉墙，细柳斜笼绮陌。香轮暖辗，芳草如茵；骏骑骄嘶，杏花如绣。莺啼芳树，燕舞晴空”（《东京梦华录》卷六）的汴京春色，如今只能“萧索”两字来忆得；羌笛，是边地乐器，梦醒以后，忽然传来阵阵羌笛声，闻之不禁悲从中来。从梦幻回到现实，拘系于北地土墙木栅之中，身受侮辱，南望汴京，渺不可见，这心中的悲苦、怅惘和沉痛，被羌笛吹奏出的《梅花落》，惹得愈益浓厚。

平心而论，这首词情真意切，悲壮苍凉，充满了赵佶作为一代帝王深沉的身世感慨，读来使人真真切切看到了一个“此中日夕只以眼泪洗面”的，痛楚、悲哀的人，一个手眼曾经如此精细、如今步履沉缓，远在黑龙江依兰城的一座寺庙里，被叫做“昏德公”的人。

李清照（1084—1155），山东省济南章丘人，号易安居士。宋代女词人，婉约词派代表，有“千古第一才女”之称。早期生活优裕，与夫赵明诚共同致力于书画金石的搜集整理。金兵入据中原时，流寓南方，境遇孤苦。所作词形式上善用白描手法，自辟途径，语言清丽。论词强调协律，崇尚典雅，提出词“别是一家”之说，反对以作诗文之法作词。有《易安居士文集》《易安词》，已散佚。后人有《漱玉词》辑本。

点　绛　唇

蹴罢秋千，起来慵整纤纤手。露浓花瘦，薄汗轻衣透。　　见有人来，袜刬金钗溜，和羞走。倚门回首，却把青梅嗅。

少女时代的羞美

靖康之乱前的李清照，生活幸福美满。她这时期的词，主要是抒写对爱情的强烈追求，对自由的渴望。风格基本上是明快的。这首词很可能就是这一时期中的早期作品。

这首词写得真是传神：一个身躯娇小、额间鬓角挂着汗珠、轻衣透出香汗，刚下秋千的如花少女，天真活泼、憨态可掬。少女忽然发现有人来了，自然而然地、匆匆忙忙地，连鞋子也顾不上穿，光着袜子，害羞地朝屋里就跑，头上的金钗也滑落了。羞涩地跑到门边，却没有照常理立刻躲进屋里去，而是“倚门回首，却把青梅嗅”，生动的情态毕现。

这是少女时代的羞美。是少女李清照吗？是，也不是。是的原因是因为李清照家庭优裕，无忧少女的生活情态有可能在她的笔下得到浮现；不是的理由是，李清照此时此刻关注的也许是一种情景，一份心情，一份美的领略，活泼泼的生命之中幽微奥秘的少女之美。

李煜《一斛珠》中的“烂嚼红茸，笑向檀郎唾”，太过大胆与放肆；倒是欧阳炯《贺明朝》中的“石榴裙带，故将纤纤玉指，偷捻双凤金线”，与之情致相似。简单的回头看的动作，忽然就乍现了复杂的内心活动：来人打搅了她自由玩乐的不愉快，究竟是谁呢？倒要看看！

这少女时代的羞美，生动，有趣。

蔡　伸（1088—1156）字伸道，号友古居士，莆田人，蔡襄孙。政和五年（1115 年）进士。伸少有文名，擅书法，得祖襄笔意。工词，有《友古居士词》一卷。

水调歌头

亭皋木叶下，原隰菊花黄。凭高满眼秋意，时节近重阳。追想彭门往岁，千骑云屯平野，高宴古球场。吊古论兴废，看剑引杯长。　感流年，思往事，重凄凉。当时坐间英俊，强半已凋亡。慨念平生豪放，自笑如今霜鬓，漂泊水云乡。已矣功名志，此意付清觞。

似水流年的感会

亭边的树木，树叶凋零，飘落地上，野外低湿处的菊花也已盛开。登高临远，秋意已浓，原来是重阳节就要到了。此时的蔡伸，也和所有的老年人一样，习惯性地回想起了彭门往事，那时多年轻啊，自己才 37 岁，正值人生的盛年，英姿飒爽、豪情满怀，带领着一支精壮的部队，驰骋战场。闲暇时光，将士们在古球场欢宴，抚剑豪饮，议论古今兴亡。

引用前人成句入词，既是宋词惯用的手法，其实也是后起的一代人，对于文化上的先辈的自觉继承。比如现在，蔡伸嵌入了杜甫的“看剑引杯长”，把他的也曾满腔热血、忧心国事、希图建功立业的种种情绪，暗含其中。

其实所有人都不例外，一旦到了人生的某种情境里，自然不自然地都会“感流年”，这是人生的承先启后，实际上也并不完全就意味着从

2012

慷慨激昂转入萧瑟凄凉的晚景。但是感慨是真实的，当年座中的与自己共事的英豪，一半都已凋亡，大宋朝也只剩下残破的半壁江山。

平生那豪情壮志、那抗金的决心和愿望，还压在心底，虽说现实无情，自己也多少有些力不从心了。两鬓如霜，漂泊在江南水乡。一腔悲愤，何处可消？只有借酒浇愁。

人都怕抚今思昔之作，这会让自己的情绪很不好。蔡伸此刻也许就是这样，情感反差太大，大得似乎在这首词的上下片之间，也隔着浩浩荡荡的长江。豪放激烈、愤慨悲凉，雄健俊爽、深沉抑郁，杂糅在一起，会让人心灵不安宁。那么？蔡伸靠什么来平衡呢？

和大多数的古代文人一样，他选择了酒，选择了写作这首《水调歌头》。笑笑。

岳　飞（1103—1142），民族英雄。著名军事家，字鹏举，谥武穆，后改谥忠武。河北西路相州汤阴县永和乡孝悌里人。岳飞 20 岁投军抗金，绍兴十一年（1141 年）十二月二十九日，秦桧以“莫须有”的罪名将岳飞处死，时年 39 岁。乾道五年（1170 年），宋孝宗诏复飞官，以礼改葬，建庙于鄂。嘉泰四年（1204 年）宋宁宗追封高宗的抗金诸将为七王，岳飞封为鄂王。留有《岳武穆集》（又称《武穆遗书》）。

满　江　红

怒发冲冠，凭栏处，潇潇雨歇。抬望眼，仰天长啸，壮怀激烈。三十功名尘与土，八千里路云和月。莫等闲、白了少年头，空悲切！
靖康耻，犹未雪。臣子恨，何时灭？驾长车，踏破贺兰山缺。壮志饥餐胡虏肉，笑谈渴饮匈奴血。待从头、收拾旧山河，朝天阙。

谁的岳飞

词作为一种文体，倚声而歌，原本并不单单以文字论长短。然而时光寥落，当代的我们，欣赏的可能多半还是词面上的文字。那么一首好词摆在我们面前时，仅就文字来说，笔力的沉厚，脉络的条晰，情趣的深婉，肯定会以其不同凡响，深深震撼我们。这就是艺术的悠悠之功。这首词就是。它震撼了一代又一代的人们，包括此刻的我。

起首四字，司马迁写过，蔺相如在楚国的宫廷中也曾经“怒发冲冠”。此刻岳飞也是，不共戴天的家国大恨，让他血脉贲张。此仇此恨，独上高楼，空倚阑干，愈思，愈不可忍。“潇潇雨歇”，笔锋微顿，气

度渊静。纵目乾坤，俯仰六合，热血满怀，沸腾激昂，仰天长啸，万斛英雄壮志，尽泄笔端。

词气的豪迈呼之欲出，岳飞向我们迎面走来。我不忍继续复述这首词设定的磅礴情境，也不忍单单只从一首好词的角度来展开剖析。毕竟，岳飞“三十功名尘与土，八千里路云和月”的戎马生涯，青史历历具在，“待从头，收拾旧山河，朝天阙!”的满腔悲愤、丹心碧血，已经化为历史云烟。我倒是想小心地提问，究竟，岳飞是谁的岳飞?

岳飞也许自认为，他并不属于自己。他属于破碎不堪的大宋江山，属于颠沛流离、躲避战乱的江北父老。实际上，他的母亲、他所读过的书卷，都是这样谆谆劝勉他。他因此这样去做了。犹疑不定的大宋朝看问题却没有这样单纯，岳飞因此被充满复杂的眼神长久地打量，王朝最终轻慢了他的忠诚。行刑的时分，岳飞已经不再被认为属于大宋朝。历史的吊诡在于，岳飞被害后不久，南宋小朝廷很快为他恢复了名誉。然而，对于一个人、一个王朝来说，为时已晚，无济于事。一个忠烈的男人，为了他的忠诚、他的信仰，已经令人惋惜地交出了自己的性命。血色的风波亭，被后世的人们不得不长久地去一再探望、反复感喟。

我无力就这个问题展开更深入的讨论，大宋朝被金戈铁马践踏得太久，已经让我们看不清它的本来面目。都说《满江红》读来令人神旺，叫人起舞。那么在神旺气盛之后，该反思些什么呢?有一个英国人说，对于一件艺术成品，只有经过读者的欣赏，向它投注，跟它融合，它才能恢复生命。“满江红”就铺在面前，你准备好了吗?

陆　游（1125—1210），字务观，号放翁。越州山阴人。南宋诗人。少年时即受家庭中爱国思想熏陶，高宗时应礼部试，为秦桧所黜。孝宗时赐进士出身。中年入蜀，投身军旅生活，官至宝章阁待制。晚年退居家乡，但收复中原信念始终不渝。著有《剑南诗稿》《渭南文集》《南唐书》《老学庵笔记》等。

秋　波　媚

（七月十六日晚登高兴亭望长安南山）

秋到边城角声哀，烽火照高台。悲歌击筑，凭高酹酒，此兴悠哉！
多情谁似南山月，特地暮云开。灞桥烟柳，曲江池馆，应待人来。

望　长　安

“十五的月亮十六圆”。宋孝宗乾道八年（1172 年）七月十六日晚上的明月分外皎洁，把陆游的身影照得格外分明，至今我们都能够清晰地看见，陆游站在高兴亭上，放眼远望，把想象的射程，从南郑瞄向长安，目光集中、逻辑清晰：那是大宋的大好旧江山。长安城外，灞桥两岸的烟柳在迎风摇摆，长安城南的曲江，无数亭台楼馆都一齐敞开大门，正期待南宋军队早日胜利归来。

这肯定不过是出自陆游的“多情”想象。今夜他“悲歌击筑”、“登高酹酒”，忽然云散月来，遥望长安，无限感慨。那一年，陆游 48 岁，正当壮年，在南郑（今陕西汉中市）任四川宣抚使司干办公事兼检法官。南郑是当时抵抗金兵的前线，王炎是抗金的重要人物，主宾意气十分相投。高兴亭在南郑内城的西北，正对南山。长安当时却沦陷在金人手中。南山就是秦岭，横亘在陕西省南部，长安城南的南山是它的主峰。

这是陆游短暂的军旅生涯的一瞬：回望长安，如此真切，近在眼前。陆游一生都怀有抗金救国的壮志。此刻寄身军中，高歌击筑，高台酹酒，收复关中似乎成功在望，他能不慷慨？

悲壮的旋律引来的是壮怀逸兴：此刻人有情，月有情，长安更有情。层层云幕拉开后的七月十六日夜晚，果然明亮，长安城外的南山头，皎洁的月轮正在升起；灞桥烟柳、曲江池台，在陆游的想象中，历历在目，它们此刻应是正在“待人来”！

应来者何人？除了大宋的军队，我想至少还有目光灼灼、遥望长安如同凝眉情人一般的陆游。然而历史定格了陆游的“望长安”——当他80多岁垂垂老矣，行将离别人世、离别他无限热爱的河山时，陆游仍只能喃喃道出：“王师北定中原日，家祭无忘告乃翁。”

卜算子·咏梅

驿外断桥边，寂寞开无主。已是黄昏独自愁，更著风和雨。　　无意苦争春，一任群芳妒。零落成泥碾作尘，只有香如故。

彼时心情：一任群芳妒

陆游曾经在诗中盛赞梅花，说它“雪虐风饕愈凛然，花中气节最高坚”（《落梅》），这里又写下《卜算子》，可见梅花在陆游心中的分量了。偏爱梅花的陆游其实也热爱剑术，年轻时也做过仗剑出游、兼济天

下、精忠报国的美梦。可惜，人生易老，恍惚间壮志已然是旧时月色了。此刻，他长久地注视着一株梅树——它绝不是一株病梅，而是一株少有人问津的野梅——驿亭外，断桥边，暮色将临，自开自落，无人理睬，独自绽放。向晚时分，风雨来侵，何其寂寥。

然而不！陆游说，这一树梅花，并不想费尽心思去争宠斗艳，对百花的妒忌与排斥也毫不在乎。纵然凋零了，被碾为泥浆了，梅花依然和往常一样散发出缕缕清香。那是大地的泥土芬芳了。

这里面曲曲折折地诉说着陆游的心情，寂寞，敏感，哀愁，杂糅在一起，这就像稍早些时候他对于表妹唐婉难以言说的思念一样。陆游此刻的抒情里，梅花凸显出两种美德："无意苦争春"、"零落成泥碾作尘，只有香如故"。这是一种有操守的从容。据说陆游写作这首词时，正因力主对金用兵而受贬。此刻的陆游，想必正在因为一些莫名的原因，也在被"群芳忌"。

暮色朦胧里，我们再来长久地回看大宋朝一条官道旁的日落黄昏——断桥无语，这孑然一身、无人过问的梅花，承受了一份无言的凄凉与哀愁。对于这一份凄凉与哀愁，况周颐评价说："词有淡远取神，只描取景物，而神致自在言外。"这凄凉这哀愁果然是无言的。冬日里的梅树无论怎么说，因为开得早，凌寒先发，必定是与众花迥然不同，梅花并非有意争春，它只是纯出自然，"群芳"若因此而生出"妒心"，那是谁的过错呢？陆游说，任它、由它。恍然间，我竟分不清究竟那断桥边站着的，究竟是一株梅树，还是一个叫做陆游的人了！是的，此刻梅树溜黑的身枝，生硬、倔强，一定也有些像已经略显老瘦的陆游。

"零落成泥碾作尘，只有香如故"到底只是出自陆游的想象。当落花委地，与泥水混杂，谁能辨出何者是花，何者是泥，香又在何处呢？

不过，历史轰隆轰隆地碾过，真但愿会有人细心辨出，梅花馨香如故，那就是一个民族的芬芳了。陆游因此有福。

朱淑真（约 1131 年前后在世），号幽栖居士，钱塘人。祖籍歙州，生于仕宦家庭，相传因婚嫁不满，抑郁而终。能画，通音律。有诗集《断肠集》、词集《断肠词》。

清　平　乐

恼烟撩露，留我须臾住。携手藕花湖上路，一霎黄梅细雨。　　娇痴不怕人猜，和衣睡倒人怀。最是分携时候，归来懒傍妆台。

娇痴不怕人猜

将近 1000 年前，一个叫朱淑真的女子，她的怨恨与情意，偶然被语词凝固，又洇化在 2012 年滴滴答答的江南秋雨里。

朱淑真其实可以概括为是三个汉字的拼贴，既随意又不随意。不管汉字自己情愿不情愿，就像现在的卫东、志刚、永红诸如此类的组合，模模糊糊地指向着模模糊糊的人影。然而当我再次来认识朱淑真时，早已经拐过了家门口的三国、说岳与桑椹，跨过了童年和少年。那是一个鲜活又模糊的朱淑真，绰绰约约在宋朝细雨迷离的钱塘郡。也是三个简简单单的汉字简简单单的排列，但从今天看来，已经复杂或简约多了，以致我已无法再看见她在屋檐下哪怕是稍微真切一点的风致与情愁。

倒装的句式，也许因为那时刻朱淑真倒装的心情？她笔下的女主人公与男友相约游湖，“携手藕花湖上路”，这大约是西湖的白堤吧，那里的藕花当已开了，“接天莲叶无穷碧，映日荷花别样红”呢。也许这对情侣，最初就是相约赏花而来，不料遇上“一霎黄梅细雨”。也许正是这场梅雨，撩拨着人。

忽然就“和衣睡倒人怀”了。这真是“娇痴不怕人猜”。女子的性情，真是热烈得近乎大胆。也许因为“一霎黄梅细雨”为他们作了绝好的背景。有人说，这“娇痴不怕人猜”中的“人”，与“和衣睡倒人怀”中的“人”，实际上是同一个人，那是女主人公内心亲爱的男友，她因此能够“感郎不羞郎，回身就郎抱”（《碧玉歌》）。这实在是一份亲爱。可惜，“最是分携时候”，不得不归去，“懒傍妆台”。

多情而不亵，这些真实的体验。从容写下来，而且出自女性词人的手，该得需要何等的勇气。人们现在回想起来，都说这个叫做朱淑真的女子是一位才女。然而在当时，她终于死了，无声无息地。据说死时，“不能葬骨于地下”；诗词遗稿也被她的父母付之一炬。

付之一炬的不过是轻飘飘的朱淑真三个汉字。当这三个汉字像夏日午后的雨点一样，在大地上蒸腾、飘散，化入无垠的蓝天，吐露着它们的无辜、清白与简单，没有理由不相信，它们还会重新纠集、粘和，在另一场急雨中，喘着粗气、被裹挟着扑向大地。

朱淑真，作为一个曾经非常真实的、指称一个女子的词，有时是名词，有时是动词——使动词，更多的时候是被动词，有时又不得不被道学家来做一个让他感叹的副词。咳！我游荡在匆忙的大街上，仿佛时光无始无终，世界无边无际……那羽化的爱情还会执拗地扑向我们浊重的肉身吗？

光阴忽然就这样失去了追索和探源的意义。

范成大（1126—1193），字致能，号石湖居士。平江吴郡人。南宋诗人。谥文穆。与杨万里、陆游、尤袤合称南宋“中兴四大诗人”。

蝶恋花

春涨一篙添水面，芳草鹅儿，绿满微风岸。画舫夷犹湾百转，横塘塔近依前远。　　江国多寒农事晚。村北村南，谷雨才耕遍。秀麦连冈桑叶贱，看看尝面收新茧。

石湖的桃花源

范石湖和陶渊明最大的不同，在于渊明力耕田亩，范成大则不必，他是一个不折不扣的乡绅，拥有足够丰裕的一份田产。陶渊明的“桃花源”恍若梦境，然而对于范成大来说，“桃花源”似乎就在这结结实实的人间，比如石湖乡下，让他的心灵安稳。不可以苛责他，至少，范成大确实是一个心情美好、慷慨乐施的乡绅。在他的眼中，农家的田园生活，人情淳朴、屋宇宁静、岁月和谐，今天看来虽然总让我们感觉他多少有一些“乌托邦”式的一厢情愿，然而毕竟美好，因此无可厚非。

这田园词写的是苏州附近的田园风光，描绘的是清新、明净的江南水乡春景，散发着浓郁而恬美的农家生活气息，读了令人心醉。“春涨一篙添水面。芳草鹅儿，绿满微风岸。”“一篙”，是水的深度；“添水面”有两重意思，一是水面上涨，二是水满后，面积也大了。“鹅儿”，小鹅，黄中透绿，与嫩草色相似。“绿”就是“绿柳才黄半未匀”那样的色调。芳草、鹅儿在微风中活泼泼地抖动、游动，那嫩嫩、和谐的色调，透出了生命的温馨与活力。微风轻轻地吹，吹绿了河岸，吹绿了河水。彩船犹豫迟疑，往横塘方向游去，河道曲折多湾，画舫缓慢行进。看着前方的塔近了，其实还远。这就像俗语所说“望山走倒马”，又像《诗经·蒹葭》所写：“溯洄从之，道阻且长；溯游从之，宛在水中央。”唯其如此，才有吸引力。也许闲适的范成大并不急于赶到塔边，所以对远近并不在意，此时更使他欣悦的，倒是一路好景致。

农事就更加开阔了。“江国多寒农事晚。村北村南，谷雨才耕遍。”不紧不慢的节奏，在范成大看来，是农事的轻松，和农作的井然有序。“村北村南”耕过的水田，一片连着一片，一眼看来，“皆春水”、“绿遍山原”、“白满川”，一派水乡风光！

农事里的农人们在范成大的笔下是各得其乐。水稻刚刚下种，漫冈遍野的麦子拔穗了，桑叶也便宜了，农桑丰收在望。这样写田园，写农事，流露出的是农耕时代对农家生活的认同感、满足感。无论如何，其实这般风景，也是美好的。

田园词在两宋很少，范成大是田园诗名家，他的《四时田园杂兴》六十首最有名，这首《蝶恋花》，以田园诗笔法来写田园词，也非常有特色。

杨万里（1127—1206），字廷秀，号诚斋。吉州吉水人。南宋杰出的诗人。一生力主抗金，与范成大、陆游等合称南宋“中兴四大诗人”。

昭君怨·赋松上鸥

（晚饮诚斋，忽有一鸥来泊松上，已而复去，感而赋之。）

偶听松梢扑鹿，知是沙鸥来宿。稚子莫喧哗，恐惊他。　俄倾忽然飞去，飞去不知何处？我已乞归休，报沙鸥。

总不忍归去

杨万里因为长期被贬，愤而辞官家居。一只在他家门口忽然飞来、复又飞去的沙鸥，惹得退休居家的老年杨万里对着它（“报沙鸥”），兀自说出“我已乞归休”。他当年用毛笔记下来的这样一句多少有些没头没脑的话，一千多年后的今天，我正在通过格式化后的宋体简化字，试图读懂它。

这是一句回答，“已”，表明了杨万里此时的状态：已归、已休。然而回答谁？沙鸥？这是诗人的拟想。没有人向杨万里提问。至少搜遍这首词的字里行间，我看不出。因此，这是无问而答了？这句表白因此显得多余而又无力。甚至，在当代人看来，也许还可以有限度地指责他的矫情。

然而并不就这样简单！这是一个人的自言自语。也是一个民族古往今来的读书人的自言自语。能够归去的，只是自己的身体，灵魂依然缥缥缈缈。这实际上是古代中国每一个读书人都绕不过去的情结。实际上，杨万里的灵魂一生都不曾归去。他无法归去。这就是教育的力量，古代读书人家国情感与个人使命的价值所在。

小霈 2013

我们只有在这样的基础上，才能够更好地理解杨万里的无奈，更好地品读这首表面平静、内里凄凉的小词。在他的家乡江西吉水乡下，此刻静坐书室，意外地听到“诚斋”门前松树梢上有飞鸟拍打翅膀的“扑鹿”声，凭着生活经验，他“知是沙鸥来宿”。杨万里凝神谛听，此时在想些什么呢？不得而知。只知道他欢喜地向正在玩耍的孩子们示意，告诫他们不要吵闹，恐怕惊吓了鸥鸟。“稚子莫喧哗，恐惊他。”

一首词读到这里，真是民间风味。但这不是结尾，甚至，沙鸥飞走也结不了尾——因为杨万里的心思也跟着沙鸥在忽隐忽现地翻飞，这让他忽而高兴，终不免怅然若失——门前松树上的这只沙鸥，翩翩来去，“已”“归休”的我呢？

也许甚至是在一种羡慕的心情里，杨万里故作平静地说出：“我已乞归休，报沙鸥。”事实上，他哪里是在“报沙鸥”啊，分明报的是自己。读书人的情结几乎让他对自己无法作出交代，这一份纠结，谁人能懂?《宋史》载，杨万里临终前，曾有“韩侂胄奸臣，专权无上，动兵残民，谋危社稷。吾头颅如许，报国无路，惟有孤愤”这样的话。真是“身在江湖，心存魏阙”。

王　炎（1137—1218），字晦叔，一字晦仲，号双溪，婺源人。年十五学为文，乾道五年进士，曾有“为天子臣，正天子法”之语，人多传诵。生平与朱熹交厚。

南　柯　子

山冥云阴重，天寒雨意浓。数枝幽艳湿啼红。莫为惜花惆怅，对东风。　　蓑笠朝朝出，沟塍处处通。人间辛苦是三农。要得一犁水足，望年丰。

人间辛苦是三农

这里所说的“三农”，指的是“春耕、夏种、秋收”，这是三个最为繁忙紧张的农事当口。描写农民生产劳动的词作在宋词中本就不可多得。当读过范成大的词，再来看这首《南柯子》，总有些感慨。这就像读过张养浩的《山坡羊·潼关怀古》，总会让人不由得会从历史的、更大一些的角度，多一些悯人之思。

上片描写农村秀丽的风光，“山冥云阴重，天寒雨意浓。数枝幽艳湿啼红。”彤云密布，山色阴暗，天下着蒙蒙的细雨。花朵上，水气聚成了晶莹的水珠，像是少女眼睛里含着泪珠，夺眶欲出，令人十分爱怜。“数枝幽艳湿啼红”，描画山雨欲来风满楼的田园景色。王炎忽然把笔锋一转，规劝人们不要因为季节摧残了春花，面对浩荡的东风空作惆怅。为什么？

因为王炎关注到了更为广大的农事生活，这些与风花雪月无关。正如立足点观察点的不同，世界呈现出的面目各不相同。此时在东风细雨里，他看到的是“蓑笠朝朝出，沟塍处处通”的一片繁忙景象。戴着蓑笠的农民，天天清晨早出，足迹踏遍田间泥泞的沟渠和田埂。前县令王炎不禁油然生出感慨：“人间辛苦是三农”。在这些一年中最辛苦的时节，农民们辛劳不止；此时，他们刚刚犁透了田，灌足了水，盼望着秋后能够有一个丰收的年成！

风花雪月与此刻的他们的确了无相涉。人生的虚与实，形而上与形而下，在这首词里，被王炎不经意之中作了某种有限度的关联。这里面有悲悯，有同情，而没有宋代词人惯常的人生优越感。王炎做过主薄、知县，有机会接近农民和农村生活，用浅近的语言写下了诚实的这首词，难得。

辛弃疾（1140—1207），南宋词人。原字坦夫，改字幼安，别号稼轩居士，历城人。与苏轼齐名，并称苏辛。一生坚决主张抗击金兵，收复失地。其词热情洋溢，慷慨悲壮。笔力雄厚，艺术风格多样，而以豪放为主。有《稼轩长短句》。

青玉案·元夕

东风夜放花千树，更吹落、星如雨。宝马雕车香满路。凤箫声动，玉壶光转，一夜鱼龙舞。　　蛾儿雪柳黄金缕，笑语盈盈暗香去。众里寻他千百度，蓦然回首，那人却在，灯火阑珊处。

寻觅：灯火阑珊处

稼轩和苏轼一样，被王国维归结为人生的“狂者”，是积极进取的一流人物。这首词，让我们看到了一个“寻觅”的词人，在“东风夜放花千树”的元宵夜，他注意到了一个与众不同的女子，笑语盈盈地，“蛾儿雪柳黄金缕”，实在生动。待有心寻觅，却又倏忽不见了，在“众里”苦苦“寻他千百度”，蓦然回首间，那人居然却在“灯火阑珊处”。

灯火阑珊处是处于光与影的暗处，与热闹中心保持一定的距离。什么样的距离呢？美的距离。因此与众不同。居于中心，其实会消弭美感所必要的距离。这是发现的距离，审美的距离。“瞻之在前乎焉在后”的距离。

人生注定是不能太被热闹包裹的，“狂者”辛弃疾就是这样，史载，他力主抗战，却屡受排挤，然而矢志不移，宁可过寂寞的闲居生

小湍
2013

活。于是，我们也“蓦然回首”，穿透历史的云烟，看到了灯火阑珊处的辛弃疾，身着大宋的官衣。

王国维在《人间词话》中说，“蓦然回首，那人却在，灯火阑珊处”是“古今之成大事业、大学问者”，必然经过三境界的第三胜境。这是静安先生的妙会了，我们因此感谢他，更感谢辛弃疾——能够被悠然作另外兴会的词句，必然是好的语句，因为它打通了物与事之间的藩篱，时时散发着新鲜别样的迷人气息。这需要好词，也需要和它相通的欣赏者。

从词调来讲，《青玉案》十分别致，它原是双调，上下片相同，只上片第二句变成三字一断的叠句，跌宕生姿。下片则无此断叠，一连三个七字排句，可排比，可变幻，总随词人之意，但排句之势往往一气呵成，最后逼出煞拍的警策句。稼轩呢，他则在用大量笔墨渲染了元夕的热闹景象后，突然把笔锋一转，以冷清作结，逼出鲜明强烈的对比。灯火写得愈热闹，则愈显“那人”的孤高，人写得愈忘情，愈见“那人”的不同。这种对比造成了情境设置上的强烈反差，深化了全词的意境。

姜　夔（1154—1208），字尧章，别号白石道人，饶州鄱阳人。南宋词人。姜夔少年孤贫，屡试不第，终生未仕，一生转徙江湖。早有文名，颇受杨万里、范成大、辛弃疾等人推赏，以清客身份与张镃等名公臣卿往来。人品秀拔，体态清莹，气貌若不胜衣，望之若神仙中人。工诗词、精音律、善书法，对词的造诣尤深。有诗词、诗论、乐书、字书、杂录等多种著作。

扬　州　慢

（淳熙丙申至日，余过维扬。夜雪初霁，荠麦弥望。入其城则四顾萧条，寒水自碧，暮色渐起，戍角悲吟；余怀怆然，感慨今昔，因自度此曲。千岩老人以为有《黍离》之悲也。）

淮左名都，竹西佳处，解鞍少驻初程。过春风十里，尽荠麦青青。自胡马窥江去后，废池乔木，犹厌言兵。渐黄昏、清角吹寒，都在空城。　　杜郎俊赏，算而今、重到须惊。纵豆蔻词工，青楼梦好，难赋深情。二十四桥仍在，波心荡冷月无声。念桥边红药，年年知为谁生？

文化的“狷”者

对于姜夔感觉亲切，原因之一是他与合肥的缘分。姜夔一生从未入仕，在他很小的时候，他父亲就去世了。姜夔从小就过着一种漂泊天涯的生活，而在某一年的某一段光阴，他是在合肥度过的，至今仍留下“赤阑桥”这样一个空荡荡的地名。

闭目遐思之中，可以隐隐地望见：在一个雪后的清晨，正值风华年纪、西风瘦马、布衣青衫的姜夔，来到扬州，徘徊在竹西亭边，二十四桥下，希望寻找当年杜牧的踪迹，然而望见的却是满眼荒草废墟，因而悲从景生，哀从心起，缓缓行步中，惊叹“杜郎俊赏，算而今，重到须惊，纵豆蔻词工，青楼梦好，难赋深情”。是啊，即使杜牧活到此时，也会被眼前景象惊呆，大诗人再也不会有“春风十里扬州路，卷上珠帘总不如”的意兴了。扬州破败了，破败在荒淫无能的南宋小朝廷手中，破败在一大群贪生怕死的文官武将手里，布衣青衫的姜夔来此，为她唱一首挽歌。他没有杜牧的依红偎翠，春眠不晓，他匆匆地来，又匆匆地走了，在斜阳陌巷中，留下了瘦马枯缰的长长身影，留下他这首《扬州慢》。

孔子说：“狂者进取，狷者有所不为也。”这意思是说，狂者是有进取心的人，狷者是独善其身的人。王国维在《人间词话》中也将词人分作三等，姜夔被他认为属于“狷者”。原因在于姜夔的生活遭际使得姜夔年纪轻轻的就有一种冷感愁怀，他的词作也大都为一些离情别绪之作。21 岁的姜夔，来到扬州，看到曾经素以繁华富丽而著称的江南名城扬州，如今断壁残垣，不禁凭吊荒凉，寄托黍离哀思。然而故国生灵涂炭，他一介书生，又能奈何！只有将这一腔热爱，寄托在笔下！

杜牧生于唐末，为人风流潇洒。他曾经在扬州城做过短暂的停留，并留下了许多诗篇。姜夔化用杜牧歌咏扬州城繁华生活的诗文，与如今的萧索，形成了强烈对比，正是这种对比，让写作这首词的姜夔，和读这首词的你我，产生巨大的心理反差。

王　诜（生卒年不详）字晋卿，太原人，徙居开封。娶熙宁中尚英宗第二女魏国大长公主，拜左卫将军、驸马都尉，为利州防御使。兼擅书画诗词。赵万里辑有《王晋卿词》一卷。

忆故人

烛影摇红，向夜阑，乍酒醒、心情懒。尊前谁为唱《阳关》，离恨天涯远。　无奈云沉雨散。凭阑干、东风泪眼。海棠开后，燕子来时，黄昏庭院。

优雅的代言人

这首《忆故人》果然如黄庭坚所言，清丽幽远。虽说词中的主人公酒醒后忆及“云沉雨散”，泪眼心情难托，暗恨数重，却出落得端庄雅致。这是宋人生活的情致，也是宋词的尊严所在。

为这份女性的优雅情思代言的是一个叫做王诜的男人。也就是说，王诜模拟了一份女子的细腻、女子的哀怨。这是宋词的惯常做派，女子的心情被一个有着无端遐想的细腻男人揣度、铺排。于是王诜的笔下隐现一个痴情女子对“故人”的忆念，深情缱绻。夜阑人静，万籁俱寂，女主人公刚刚酒醒，睁开惺忪的醉眼看看室内，只觉得空荡荡、静悄悄，唯有一枝孤零零的蜡烛摇曳着红色的光焰。“尊前谁为唱《阳关》”？这是主人公回忆的开始，时光在空寂中倒流，激起“离恨天涯远”。王诜在这里代拟出的、惹得她离恨情悲的“故人”会是谁呢？我们还可以有趣地提问：主人公此时的“酒醒时分”，是源于刚刚一场饯别，还是今番闲酒之后，忆及某年某日的送别呢？也许这一切都并不重要，重要的是一片炙热的宋朝情愫在此刻的流淌，含蓄蕴藉，又别样大胆与不甘："无奈云沉雨散"。这里用了一个典故，暗示一场欢愉之后，"故人"音讯杳然。宋玉《高唐赋序》云："妾巫山之阳，高丘之阴，旦为朝云，暮为行雨，朝朝暮暮，阳台之下。"

"无奈"这两个字，我宁愿将它理解为女主人公近乎直白的哀怨，暗含着指责。此后，主人公倚阑远眺，陷入了无限的伤感之中，宋词中惯用的景物与场景铺排更加点染了一份寂寞："海棠开后，燕子来时，黄昏庭院"，然而，良人何在？盈盈泪眼，饱含着离情别绪，饱含着怨恨叹惋。真是丰神独具。

写景，写人，写情，自然浑成，思致渺远，真可谓语尽而意不尽，意尽而情不尽。这是驸马王诜代拟出的一份优雅，慵倦，然而干净。待得汤显祖《牡丹亭》里的"烛影摇红"，那是另一个时代的另一个男人以另一种文体代拟出的另一份引人遐想的盎然意趣了，而且同样优雅。

章良能（？—1214）字达之，处州丽水（今属浙江）人。少好雅洁，性滑稽，居一室必泛扫圬饰，陈列琴书。宋淳熙五年中进士。工辞章，有《嘉林集》百卷。现仅存《小重山》一首。

小重山·柳暗花明春事深

柳暗花明春事深。小阑红芍药，已抽簪。雨余风软碎鸣禽。迟迟日，犹带一分阴。　往事莫沉吟。身闲时序好，且登临。旧游无处不堪寻。无寻处，惟有少年心。

重游的少年心思

“花有重开日，人无再少年。”少年心思对于一个人来说，真是值得珍贵，那是人生最富有朝气、心境最为明朗欢乐的时代，那种或是凌云的少年意气，或是充满着幸福憧憬的少年式幻想，在人的一生中，稍稍一回首，总会使自己受到某种激发、某种鼓舞，甚至某种莫名的感伤。

然而年光流逝，当一个人故地重游之时，旧迹仍在，物事依稀，少年时的那种心境更是杳若黄鹤。

此刻的章良能，蓦然回首，柳暗花明中，心思也曲曲折折，甚至有些惆怅。回首往事其实也是惊鸿一瞥，那一颗少年心依然蹦跳在往事更深处。少年情绪的余波此刻回旋在春事葱茏之中，已无法再看真切了。

无论如何，重游旧地，肯定要么是在他乡做官多年，终于久游归来；要么是少年时曾在某地生活过，而今又亲至其地，重寻旧迹。这些都已经只能归结为往事了。季节正当春深，又值雨后。柳暗花明，花栏

小韬 2013

里的红芍药抽出了尖尖的花苞（其状如簪）。这不光由于季节的原因，也由于雨水的滋润。春雨之后，天气稳定，风和日丽，鸟雀唤晴，鸣声也格外欢快。一个“碎”字，见出鸟雀声纷繁，乃至多样。春日迟迟，由春入夏，白天越来越长。而湿润的春天，总爱播阴弄晴，“犹带一分阴”，正显出春天雨后景色的妩媚。然而触景伤神，心情转向惆怅。旧地风光，历历可寻，但仍怅然若有所失，自己所寻求的究竟是什么呢？纵使风景不殊，但年少登临时那种豪情壮怀，却已随流光而消逝，无从寻觅。放眼四望，春光将尽，不禁百感交集。词意至此，起伏摇曳，感慨无已。

周密在《齐东野语》里说，“外大父文庄章公……间作小词，极有思致。”这首词确实自具一格，对景遣怀，笔调纡徐起伏、韵味深长而又有所寄托，可以说是“极有思致”了。

文天祥（1236—1283），初名云孙，字天祥，改字宋瑞，又字履善，号文山，吉安人。公元1256年（宋理宗宝祐四年）考取进士第一名。历任湖南提刑，知赣州。1275年（恭帝德祐元年）元兵渡江，文天祥起兵勤王。临安危急，奉命至元营议和，因坚决抗争被扣留，后冒险脱逃，拥立益王赵昰，至福建募集将士，进兵江西，恢复州县多处。后兵败被俘至元大都，终以不屈被害。封信国公。作品有《文山先生全集》。

酹江月·和友驿中言别

乾坤能大，算蛟龙、元不是池中物。风雨牢愁无著处，那更寒蛩四壁。横槊题诗，登楼作赋，万事空中雪。江流如此，方来还有英杰。

堪笑一叶飘零，重来淮水，正凉风新发。镜里朱颜都变尽，只有丹心难灭。去去龙沙，江山回首，一线青如发。故人应念，杜鹃枝上残月。

"青山一发是中原"

苏轼在《澄迈驿通潮阁》中写下："青山一发是中原"，无限美好又无限辽阔。文天祥以及和他有着同样的襟怀抱负的同僚们，比如邓剡，正在为中原而战。一个朝代的没落与飘摇也许是无可奈何的事，然而信念和意志是另外一回事。且战且败且退，经历了惶恐滩头和伶仃洋里的悲壮，1279年8月，文天祥被俘，被北解大都，在途中"和友驿中言别"，然而此时的驿站中，文天祥已经不再是一位将军，而是一名准备着慷慨赴义的囚徒。押送的途中，"江山回首"，依然是让人心碎的"一线青如发"。

但是他并没有绝望、悲哀，这首词便是证明。“友”，是他的抗战同僚邓剡。文天祥与邓剡先后抗元被俘，被一起押往大都。途经建康，邓剡因病暂留天庆观，文天祥将继续被解北上。这时邓剡写了一首《酹江月·驿中言别》赠行，文天祥写下这篇《酹江月》相应和。两首词都用了苏轼《念奴娇·赤壁怀古》的原韵。

文天祥、苏东坡这一流人物，最慷慨处是用生命作诗填词，底色悲壮。比如此时，文天祥以不凡的气势，写出天地乾坤的辽阔，说英雄豪杰决不会低头屈服，一旦时机成熟，就会像蛟龙出池，腾飞云间。风雨送愁、寒蛩四壁的俘囚生活，使他心情沉闷，怅恨交加。最感叹是自己身陷牢笼，无法收拾河山，重振乾坤。然而，虽说像曹操横槊题诗、气吞万里，王灿登楼作赋、风流千古的人物都已逝去，但眼前滚滚长江，后浪推前浪的壮阔气势，却使他坚信，“江流如此，方来还有英杰”，在他之后，必定有英雄继起，完成重整纲纪、一统家国的大业。

和邓剡告别的“堪笑”风度，凄凉中又有豪迈。他嘲笑自己和邓剡身不由己，随秋风流落在秦淮河畔，以自己矢志不渝、坚贞不屈的决心，回答邓剡赠词中坚持操守的勉励。此去北国，回首江山，最萦绕的依然是“一线青如发”。

王国维在《人间词话》中说，“文山词，风骨甚高，亦有境界。”是的，文天祥用生命和鲜血为“燃料”的书写，既照亮了“汗青”，照亮了宋末词坛，也照亮了千年来你我的灵魂。

无名氏

九 张 机

一张机，采桑陌上试春衣。风晴日暖慵无力。桃花枝上，啼莺言语，不肯放人归。

两张机，行人立马意迟迟。深心未忍轻分付。回头一笑，花间归去，只恐被花知。

三张机，吴蚕已老燕雏飞。东风宴罢长洲苑，轻绡催趁，馆娃宫女，要换舞时衣。

四张机，咿哑声里暗颦眉。回梭织朵垂莲子。盘花易绾，愁心难整，脉脉乱如丝。

五张机，横纹织就沈郎诗。中心一句无人会。不言愁恨，不言憔悴，只凭寄相思。

六张机，行行都是耍花儿，花间更有双蝴蝶。停梭一晌，闲窗影里，独自看多时。

七张机，鸳鸯织就又迟疑。只恐被人轻裁剪，分飞两处，一场离恨，何计再相随。

八张机，回纹知是阿谁诗？织成一片凄凉意。行行读遍。厌厌无语，不忍更寻思。

九张机，双花双叶又双枝。薄情自古多离别。从头到底，将心萦系，穿过一条丝。

一掷梭心，一缕情思

曾慥在这一组《九张机》前介绍说，“一掷梭心一缕丝，连连织就九张机。从来巧思知多少，苦恨春风久不归。”真是“章章寄恨、句句言情”。这首诗看来复杂，其实也不妨“简单地”来读：一个织锦女子到郊外去采桑，在明媚的春光里爱上一个少年。正当初恋时，少年出了远门。此后，她忙着织锦，却怎么也忘不了心中的爱人。尽管爱人毫无音信，她始终向往着，追求着美好的生活。

这首词于是也和春风一样轻盈了：情窦初开、向往爱情的织锦少女，对旖旎明媚的春光无比热爱，对美满幸福的生活执著追求，从采桑到织锦，从惜别到怀远，少女的春愁春恨、离情别绪，铺排开来。

女子娓娓地唱，款款地诉，色彩缤纷的春日就这样被她的一双巧手织成了锦缎。这些就是“九张机”所想表达的。作为一首词，它以叙事的形式出现，一气贯通，从采桑、离别写到织锦；从不同的锦纹翻出相思之情，感情缠绵悱恻，节奏婉转回环。一张一张地“织”，通过“掷梭”，描写闺中幽怨凄婉的思绪，形成了一个叙事的整体。丝丝含情，缕缕凝怨，情真意执，深沉感人。

不能不说这出于“无名氏”之手的词，读来既有民歌的清新自然，富有生活气息，又文采俊逸，格律精工，是一首好词。然而，写得这首“民歌体”的“无名氏”究竟何人呢？不得而知了，但一眼看过去，那仍然是一个乡村读书人的手笔。不必说它是“绝妙古乐府”，也可不说它“高处不减《风》、《骚》”、“千年绝调”，只说在风情无限的辽阔民间，有过这样的一个读书人，用朴素的语言、诚实的手和眼，记录下这样一份率真的情事，又在其中暗暗安放一些承传已久的典故，便是文化在地脉里的游走了。

《九张机》在乐府中原本被称做《醉留客》。

元好问（1190—1257），字裕之，号遗仙，秀榕（今山西忻州）人。金亡后，隐居不仕。金元时期颇负盛名，有“元才子”之称，著有《遗山集》等。

【双调】小圣乐·骤雨打新荷

绿叶阴浓，遍池亭水阁，偏趁凉多。海榴初绽，朵朵蹙红罗。乳燕雏莺弄语，有高柳蝉鸣相和。骤雨过，琼珠乱撒，打遍新荷。

人生百年有几，念良辰美景，休虚放过。穷通前定，何用苦张罗。命友邀宾玩赏，对芳樽浅酌低歌。且酩酊，任他两轮日月，来往如梭。

在日月间摆渡

先从此曲的结束语说起，诗人在醉酒，且是酩酊大醉之后，沐风赏月，不问世事，像一个闲散之人，不疾不徐，往返于时空之中。元好问说得很轻松，一副事不关己，高高挂起的样子。而事实上，金亡之后，元好问内心痛楚，愁思百般，常以醉酒麻痹自己。他在《人月圆》中曾写下这样的句子：“老夫唯有：醉来明月，醉后清风。”一醉一醒，又是明月，又是清风，看似诗情画意，实则字字酸辛，句句沉痛，满腹忧愤！

较之于《人月圆》，此曲所描述的似乎是清风明月般的好心情。此刻，时值夏令，元好问正在庭院休闲纳凉，池塘水阁中，和风款款，新绿片片。万绿丛中，石榴花开了，榴花似火，鲜红如罗，美不胜收。乳燕又飞抵枝头，抖动着羽毛未丰的羽翼，发出阵阵欢快悦耳的鸣叫。还有蝉，刚刚脱壳而出，就爬临高柳，高歌一曲，大有“居高声自远”

之势（唐虞世南《蝉》）。在这绿荫如织，花红似火，鸟蝉唱和的盛景之时，不见乌云携雨，未闻电闪雷鸣，却突然有不期而至的“过路雨”经过池亭水阁；雨滴硕大，恍若有人随手乱撒琼露珍珠，雨水落在荷叶之上，风吹荷摆，水珠滚动，好一幅生动、活泼的画面。这生动、这活泼，携风带雨，情景交融，给夏日，也给诗人的内心注入了一抹抹清凉和惬意。

写完上曲的赏心悦目，元好问在下曲中忍不住要借景抒怀了。人生苦短，能高寿者有几人？不死者却无一人。因此不能置良辰美景、大好时光视而不见，枉活今生。既不愿在碌碌无为中虚度人生，又不能在金亡之后忠心报国，命运仿佛前世早已注定，无力主宰，情何以堪？更不愿像那些投机钻营者一样，费尽心机，谋一己之利一时之快。那就邀来三五好友，把酒临风，轻酌慢饮，且诵且唱吧；让苦闷，让伤楚，让亡金之痛，让无力主宰之宿命，都随花落水流，南朝旧曲，不知所去吧；这些似乎还不够，还不足以推倒郁积内心的围堵之墙，那就酩酊大醉吧，一醉解百愁，在时光中荡舟，往返于日月之程，荡荡悠悠，野渡无人，不知今生，不恋来世。这看似是消极人生，其实是旷达之境；这虽然与上曲中的“骤雨打新荷”之说判若两味，却实实在在写出了曲中论道之道——“任他两轮日月，来往如梭”。因为此曲中的“骤雨过，琼珠乱撒，打遍新荷”脍炙人口，久唱不衰，后人常称此曲为“骤雨打新荷”。元代陶宗仪在《辍耕录》中云：“【小圣乐】乃小石调曲，元遗山先生好问所别，而名姬多歌之，俗以为‘骤雨打新荷’是也。”曲是高曲，阳春白雪；趣是雅趣，闲情逸致；或被诸管弦，或传于歌宴。赵雪松听闻歌姬唱罢此曲，忍不住即兴赋诗：“主人自有沧州趣，游女乃歌白雪词”，这里的“沧州趣”，指的是放浪江湖的闲情逸致，而“白雪词”，则是指高雅高洁的曲调了。

关汉卿，号已斋叟，金末元初人，活跃于约1210年至约1300年（元成宗大德）间，解州人，《析津志》称他“生而倜傥，博学能文，滑稽多智，蕴藉风流，为一时之冠”。著作甚丰，有杂剧60余种，散曲60余套，小令50余首。与郑光祖、白朴、马致远并称“元曲四大家”。

【南吕】四块玉·闲适

一

适意行，安心坐。渴时饮饥时餐醉时歌，困来时就向莎茵卧。日月长，天地阔，闲快活。

二

旧时酒，新醅泼，老瓦盆边笑呵呵。共山僧野叟闲吟和。他出一对鸡，我出一个鹅，闲快活。

三

意马收，心猿锁。跳出红尘恶风波，槐阴午梦谁惊破。离了名利场，钻入安乐窝，闲快活。

四

南亩耕，东山卧，世态人情经历多。闲将往事思量过。贤的是他，愚的是我，争什么！

瓦盆边的闲适

关汉卿的“四块玉”《闲适》是一组小令，共四首。

先说第一块“玉”。适意与安心，坐与行，写的是一个人活在世上，要淡定些，自然些，既不唯唯应诺，仰人鼻息，又不为荣辱所困，不为生活所累。接下来，又是一连串的洒脱：且饮，且醉，且歌——人生苦短，人生无常，金钱、地位、江山、美人，一切都是过眼云烟，都是自讨苦吃，都是自恋状态下的悲歌一曲，何不放下这些累赘，在且醉且歌中潇洒走一回？还有，困了就卧在莎茵美美睡上一觉，这样就不会有《乔牌曲》中的“闲熬煎、闲烦恼、闲萦系、闲追欢、闲落魄、闲游戏”的百无聊赖，也不会有马致远《夜行船》中的“密匝匝蚁排兵，乱纷纷蜂酿蜜，急攘攘蝇争血”的你争我夺。如此适意而行、而坐、而饮、而醉、而歌、而卧，恬适，自在，诗性，浪漫，自然而然就会感到天宽地阔，乾坤远大了，这样的人生岂不快哉！

第二块“玉”，关汉卿旧酒新醸，旧投新泼，与山僧野叟，围坐在老瓦盆边，一杯一杯复一杯，饮酒赋诗，吟诵唱和；那两只鸡，那一只鹅，都是朋友带来的，虽无山珍海味的华奢，却尽显山林隐士的闲适与欢乐，乐陶笑呵之中，诗酒欢宴之景暖人心扉。这就好比当下文朋诗友的野炊，亲切、自然、节俭、有韵味，比起达官贵人动辄耗资万千、妙舞笙歌的豪华奢靡与繁缛礼节，不知要好过多少倍。没有尔虞我诈，没有钩心斗角，老酒、老瓦、新朋、旧友，围坐对饮，无拘无束，这样的人生岂不快哉！

相对于前两块“玉”的“闲”与“适”，第三块“玉”似乎调转了笔锋，在这里，关汉卿要“跳出红尘恶风波”。官场如战场，却又从不按兵戎相见的规则去游戏，因此便有了屈原沉江、伍胥伏箭、淮阴饮恨、伏波蒙冤的先行者。而自己，空有才华与才能，不但报国无门，仆民无望，还为“窝弓冷箭猎头枪”（《不伏老》）所伤，索性就像陶潜居五柳庄、严陵去七里滩那样，选择逃离名利场，钻进安乐窝吧。心灵不再为名缰利锁所囿，人生不再为大槐树下的梦幻富贵所绊，会作山中相，不管人间事，岂不快哉！

最后一块“玉”，关汉卿要归隐田园，从贤而愚了。“南亩耕”是用典，语出陶渊明“开荒南野际，守拙归园田”；“东山卧”也是用典，用谢安之典，谢安当年屡辞征召，高卧不起，隐居东山。一介文人，时而耕田守拙，时而隐居偷闲，看似是逃避，其实是亲历沧桑无奈、世态炎凉之后的痛定思痛。经过反复思量之后，关汉卿似乎茅塞顿开，争什么？为什么所争？又有什么好争呢？不去名利场上争高低，不去蜗牛角上争你我，存蕴傲骨气度，洁身自好，当个愚人、拙人，岂不快哉！

关汉卿真的岂不快哉、真的如此闲适如此这般的快活吗？当然不是。四块“玉”，每一块都沉甸甸的——既写出了他看破红尘、参透荣辱的睿智，又写出了他志不获展、怀才不遇的苦闷；既写出了他守拙向生、热爱生活的情怀，又写出了他孤标独立的傲骨和貌愚志远的心境。有人说，关汉卿的这组曲令有消极、逃避的元素，这不可否认。但在曲令中，我更读到了他挣脱心灵羁绊后的豁达、闲适生活的高洁和藏拙守愚时的亲切、可爱。“四块玉”中的每一块“玉”，都是他日月天高，守身如玉的象征！

白　朴（1226—1306），字仁，号兰谷先生，今山西河曲人。以杂剧、散曲作品见长，著作甚丰，著有《天籁集》等，与关汉卿、马致远、郑光祖并称“元曲四大家”。

【仙吕】寄生草·饮

长醉后方何碍，不醒时有甚思。糟腌两个功名字，醅渰千古兴亡事，曲埋万丈虹霓志。不达时皆笑屈原非，但知音尽说陶潜是。

酒神之歌

这首小令的题目叫《饮》，饮，当然与酒有关，于是“长醉”与“不醒”出现了，“糟腌”与“醅渰”出现了，不一样的遣词造句，却始终贯穿一个酒字。唯有长醉，方可无碍；唯有不醒，才能无思；唯有无碍无思，才能旷达超然，逃之于天地。因此，郑振铎先生在《中国俗文学史》中说，这首小令是“强为旷达”之作。为何说是“强为旷达”呢？小令中说要长醉，要不醒，这都是激奋、无奈之词；而事实上，很难有人做得到，或者根本就做不到。否则，就不会有屈原的自沉汨罗和陶渊明的归隐田园并终老于此了。

有趣的是，这首小令中，也写到了屈原和陶渊明：“不达时皆笑屈原非，但知音尽说陶潜是。”在这里，白朴是要拿屈原和陶渊明论是非——屈原在《渔父》辞中说“众人皆醉我独醒”，阐发为世所遣的苦痛和不满，却不听从渔父所言“众人皆醉，何不餔其糟而歠其酾”的奉劝；而陶渊明就不同了，他归隐田园后写了大量的饮酒诗，如“偶有名酒无夕不饮”等，借酒浇愁，也是借酒以言情志。从白朴的小令中，我们不难看出，屈原与陶潜，饮与不饮，醉与醒，是是与非的两个方面，一反一正的两个形象，白朴肯定的是陶潜，讥嘲的是屈原。

再让我们从白朴的身世说起来，金亡时，白朴刚出生不久，曾为金枢密院的父亲白华，先是投宋，后又降蒙，臣节尽丧，也让他少年蒙羞；其母又为蒙军所扰，母子生存状况堪忧，幸得元好问援手相助，寄居聊城，才幸免于难。入元后，拒绝出仕，浪迹四海，居金陵，归北方，动荡不已，一生空怀鸿鹄之志，却无施展之处。个人功名、家国之恨以及亡国之民的耻辱，无时无刻不袭扰心头，寝食难安，因此只能“曲埋万丈虹霓志”；他又想起了“我独醒”的屈原和“无夕不饮”的陶潜；他想躲在酒中，长醉，不醒，不思，不为，却又不能。因此，他背负家仇国恨，和他的恩人元好问一样，拒绝出仕新朝，有泪只能往肚里咽了。他提笔落纸之处，处处写酒，却是意不在酒，却是“强为旷达”，正如萧统在“有疑”陶渊明诗“篇篇有酒”时所说的那样，“吾观其意不在酒，亦寄酒为迹焉”。

元曲，大都写得通俗易懂，深入浅出。《饮》也如此，我们在解读时，只要把屈原和陶潜之典找出来，读懂它，其他字里行间的意思就一目了然了。当然，要想知道白朴长醉、不醒的目的，还要了解他所处的时代和生存背景，这样才能在他辞浅意深的表述中，去读懂一位有血有肉、远官场做贫民的有气节的文人。

姚 燧（1238—1313），字端甫，号牧庵，今辽宁朝阳人，后居河南洛阳，其散曲婉丽，浅白流畅，与卢挚并称为“姚卢”，清人辑有《牧庵集》。

【中吕】阳春曲

笔头风月时时过，眼底儿曹渐渐多。有人问我事如何，人海阔，无日不风波。

笔头风月在

作为一介文人，姚燧常耽于回忆，尤其到了晚年。他一定想到了童年，作为孤儿无依无靠时的苦涩和艰辛；一定想到了在朝为官、宦游于京城大都，夜夜笙歌宴舞时的适志和虚度；也一定想到了桑榆暮景，倦于游宦他乡的思归之途。

此时此刻，他想到的是笔头之下曾经的清风明月，天蓝海涛，酒圣诗豪，青灯书舍，日远星高——这一切都历历在目，这一切都恍若昨日，这一切又都已“时时过”，抓不住，留不下，一去不复返。自己老了，似乎不知不觉，眼看着儿孙辈越来越多，越长越大，欣喜是自然的，只是岁月不饶人，岁月催人老。这一句“眼底儿曹渐渐多”，其实有两个方面的意蕴——一是儿孙满堂，高兴；二是渐老渐衰，“几点吴霜鬓影”（《感怀》），感慨良多。但姚燧毕竟是一代文章巨公，他不会沉湎于悲凉与衰老，只是想在此为下文的出现埋下伏笔。“有人问我事如何”，有人？谁？我们不得而知。也许根本就没有人问，是自问。问什么？家事，国事，天下事，仕途之事，悲苦辛酸之事，欣喜若狂之事，官场上尔虞我诈之事，自然界心旷神怡之事——一切皆有可能，一切都在自问与拷问之中，只是姚燧该如何回答呢？这时，他仿佛正在日远天高处眺望，他的笔头又是一番清风明月：“人海阔，无日不风波。”人海茫茫，世界无边无际，世事无力把握，有风浪三尺，无风也起浪；遭人嫉，遭人谤，一叶扁舟，不知什么时候就要被卷入无底的深渊。在这里，我们一方面看到了姚燧对广阔世界、复杂人生的认知和未知，另一方面，也看到了他文章巨公者的豪情与气度，诚如他在《满庭芳》中所写的那样：“供吟啸，功名事了，不待老僧招。”功名利禄如过眼云烟，一笑了之，统统丢掉，还是以畅达超然之心归隐山林吧。

姚燧说，笔头风月过。我要说，他依然笔头风月在。不是吗？除了这曲脍炙人口的《阳春曲》，我还特别喜欢他的另一首《感怀》：“十年燕月歌，几点吴霜鬓影。西风吹起鲈鱼兴，已在桑榆暮景。”这首简淡古雅的小令，《诗品》曾给予极高评价：“姚牧庵（燧）《醉高歌》‘十年燕月歌声’，云云，——牧庵一代文章巨公，此词高古，不减东坡、稼轩也。”

刘庭信，生卒年不详，原名廷玉，益都（今山东）人，排行第五，人称“黑刘五”。工散曲，题材多为闺情、闺怨，今存小令39首。

【南吕】一枝花·春日送别

丝丝杨柳风，点点梨花雨。雨随花瓣落，风趁柳条疏。春事成虚，无奈春归去。春归何太速？试问东君：请肯与莺花做主？

点点梨花雨

刘庭信的这曲《春日送别》，在元曲中享誉甚高，流传甚广，贾仲明在《录鬼簿续篇》中说它“语极俊丽，举世歌之”。研读刘庭信的其他部分散曲，不难发现，他的最大特点，就是强烈的抒情色彩。他的《赴约》，在一景一物的掩映中，抒恋人之情；他的《忆别》，在一离一别的愁情苦绪中，抒天各一方之情；他的《相思》，在一泪一月的倾诉中，抒苦恋之情。这一曲送别，字面更是不露刻镂之痕，却写得细腻流丽，镂心刻骨，举世歌之。

题目为春日，作者紧扣这个春字，杨柳含风，梨花带雨，丝丝点点，描绘出了一幅生动、自然、亲切、诗意的春景图；细细读来，杨柳是因风而动，梨花是因细雨而盛开；而这风，这雨，这柳，这花更是互相交织，在互动与默契中，合奏了一曲扣人心弦的交响乐。丝丝对点点，杨柳风对梨花雨，声律平仄，对句工稳，既写出了春天和风细雨的舒畅，也写出了倾听春色的喜悦与韵致，正所谓“语极俊丽”。

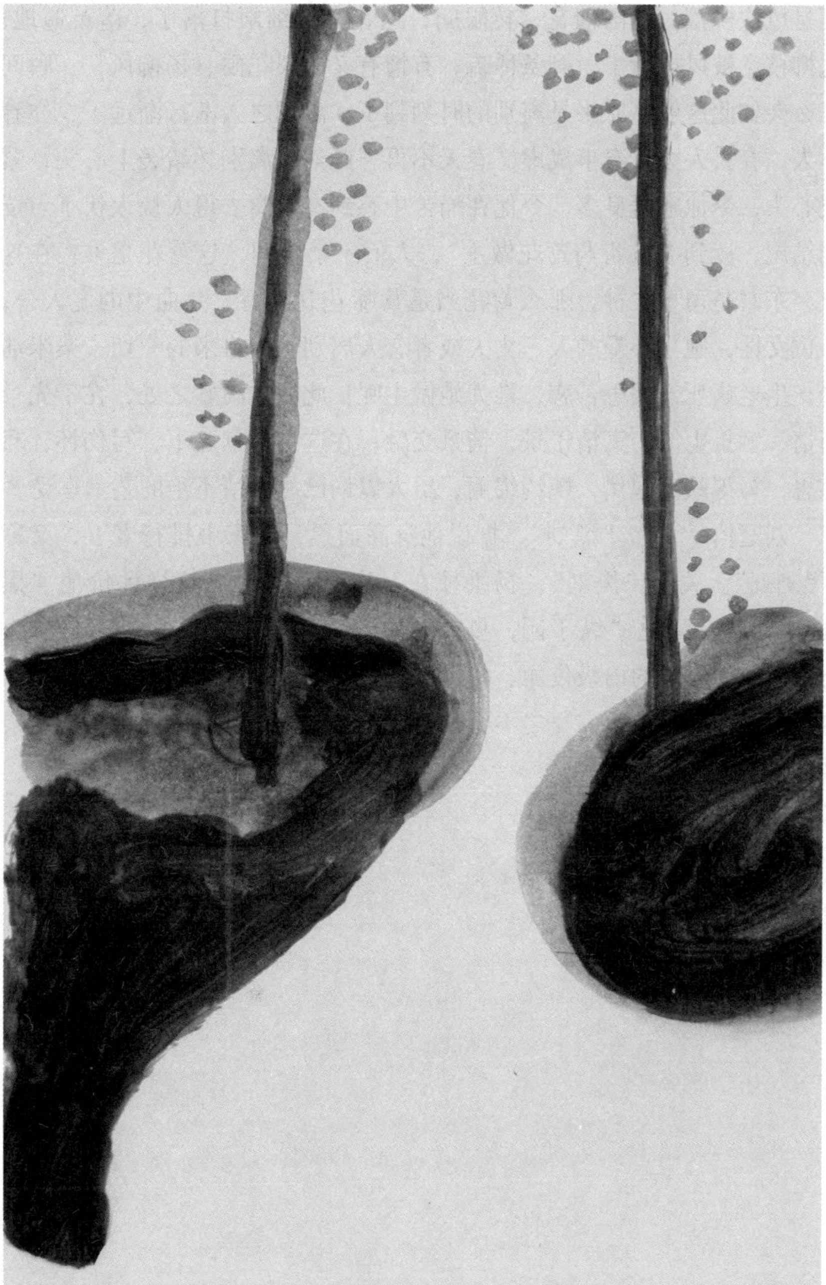

接下来，作者用双关的笔法写春写人，尽显曲词的含蓄之美。刚才还是风吹柳摆，细雨催花，转眼间，这花竟被细雨打落了，落英遍地；这柳枝竟被风折断了，柳条稀疏；有情有义的梨花雨、杨柳风，一瞬间怎么会如此这般？原来是离别的时刻到了，离别之人渐行渐远了，亦春亦人，春去人去，春事成虚，春天不再。此刻，离别愁绪袭上心头，萦绕心头，令他感慨良多，令他在痛苦中感到春天离去得太快太快了。读到结尾，读到“谁肯与莺花做主”，人们不禁要问，这莺花是谁？在这里，东君是司春之神，那么莺花当是莺啼花开之意，是曲中的主人公，是位女性，她与心爱的人、丈夫或者恋人离别了，将来的一切，柴米油盐，生老病死，相思苦恋，谁为她做主呢！此曲的高妙之处，在于先景而情，触景生情，寓情于景，情景交融；在这种情景之下，写伤怀，写愁思，写得跌宕起伏，婉约绵丽，给人以词已尽而情不绝的艺术享受。

刘庭信，人称“黑刘”，据说他身高而黑，在家中排行老五，又称“黑刘五”。关于“黑刘”，杨维桢在《东维子集》中这样评价他“黑刘纵于园”，又说“纵于园，姿情过之”。这里的纵于园、姿情过之，与前面贾仲明说的语极俊丽、举世歌之，都是对他抒情地位的肯定和评价；而他能持一情字，写之不穷，抒之不竭，也正是读者至今仍然推崇他的理由。

卢　挚（1243—1315），字处道，号疏斋，今河北涿县人。诗文与刘因、姚遂齐名，世称“刘卢”、“姚卢”，与白朴、马致远等交往颇深。今人存有《卢疏斋集辑存》。《全元散曲》录存其小令120首。

【双调】沉醉东风·对酒

对酒问人生几何，被无情日月消磨。炼成腹内丹，泼煞心头火。葫芦提醉中闲过。万里云山入浩歌舞，一任旁人笑我。

炼成腹内丹

这首曲题目即《对酒》，我们自然会想到曹操《短歌行》中的诗句：“对酒当歌，人生几何。”不知这句是否从此而来，但此句之妙，是句中的“问”字。问谁呢？问天地，问日月，也是问自己；是自问，也是追问，拷问。人生几何？时光匆匆，时光不在，人生易老天不老，生命如此短暂、易逝，曾经风华正茂、青涩活泼的少年，在日月的消磨之中，不知不觉垂垂老矣，怎么不心生感慨，正如他曾在另一首小令《夜宿郸驿》中所写的那样：“谁惊觉？晓霜侵鬓毛。”

已在不知不觉中到了霜侵鬓毛的年龄，惊觉的当然是卢挚。他生不逢时，对当时的社会现实多有不满、不平和怀疑，却又无处发泄，除了对酒当歌，借酒浇愁，就幻想着有朝一日，能浇灭心头之火，炼成腹内之丹。在宋、金、元时代，道教主修内丹而排斥外丹——所谓内丹，就是以身体为炉鼎，以自身的精与气为药物，以“神”去烧炼，使精、气、神相互作用，凝聚成“圣胎”；所谓外丹，是指用铅、汞配制其他药物，放入炉鼎烧制成丹药物。道家丹鼎派主张修炼内外丹以求仙道，而在这里，卢挚要炼腹内之丹，与宋、金、元时代道教主修内丹斥外丹是一致的，唯其如此，才能扑灭心头的不平之火，欲望之火，莫名之火。

卢挚真的要炼丹成仙、从此忘却人我是非吗？重压之下，痛苦难消，他当然想炼成腹内之丹，以求解脱。但谈何容易！那还是折身返回酒中吧，抱起葫芦酒，对酒当歌，一饮而醉，一醉解百愁，疯癫又如何？烂醉如泥又如何？让苦愤，烟消云散；让不平，随风而逝。这也是修炼啊。据说，有一次卢挚与童子上山，喝得酩酊大醉，童子并不阻止，任他大发酒狂；卢挚兴奋不已，摘来路边野菊，插在皤然乱发之上，正应了杜牧那句诗："尘世难逢开口笑，菊花须插满头归。"

卢挚心怀腹炼内丹之志，又怀抱葫芦大酒而醉，他酒醉神驰，思接千载，视通万里，恍若梦镜，又如仙道，苦忧皆忘，以至于他感到自己正踏歌而行，遁入了万里云山。这里离尘世远了，离仙道近了；离烦恼远了，离自然近了；生死的无奈，时光的易逝，心头的念火，还有他人的讪笑，一切都不复存在，都幻化成梦、成云，飘忽忽不知去向；只有他向天而笑的一曲浩歌，在山壑、在白云深处久久回荡。

消极遁世，逃避现实，似乎是历代文人墨客不得已而为之的选择，只是时间、地点、社会现状和当事人有所变迁而已。在这里，卢挚也许是消极的，骨子里是想以泼灭心头不平之火，实现出世的境界；但我以为，只以"消极"二字去解读他和他的作品，未免也"消极"了些。通过对他这首令曲的阅读，我们不仅能看到一位归隐者血肉丰满的形象，还能从他旷放通脱的文字里，听到一位古代贤者，在草木摇落之时，唱入万里云山的不朽浩歌！

陈草庵（1245—?），名英，字彦卿，析津（今北京城西南）人，卒年近八十。《全元散曲》录其小令26首。

【中吕】山坡羊

伏低伏弱，装呆装落，是非犹有来着莫。任从他，待如何。
天公尚有妨农过，蚕怕雨寒苗怕火。阴，也是错；晴，也是错。

怯弱之羊

读《山坡羊》的开头一句，想到当下的一个网络用语：躺着也中枪。陈草庵写的正是这个意思。伏低伏弱，服低服弱之意也；装呆装落，即事事处处装呆装傻，甘居人后。如此谦卑，如此低调，如此委曲求全，如此可笑可悲，从不想着木秀于林、行高于人，理该为世人不诽，求得身世之清静了吧？非也。“是非犹来着莫”，那些是是非非，无中生有，颠倒是非，纷争烦恼，甚至天灾人祸，还是躲也躲不过，避也避不开，如影相随，不请自来，可见处事之艰难！

怎么办呢？装乖卖傻不行，服低服弱不行，这世道压根就没有什么公平公正可言，除了喟叹生不逢时，还是听从命运的摆布，“任从他，待如何”——虽然心有不甘，虽然无可奈何，一切都释然了，豁出去了，又能奈我何?！休说我一介书生无力改变社会，适应潮流，纵使是天公又能怎样！春蚕吐丝，丝丝含情，此时最怕雨湿桑叶，但偏偏雨水不止，这是上天之错；但若晴了天，骄阳似火，禾苗被炙烤而死，也是上天之错；因此，阴也错，晴也错，左右都是错，横竖都是错。苍天且如此，我不“任从他，待如何”，又能怎样呢？在这里，我们也似乎看

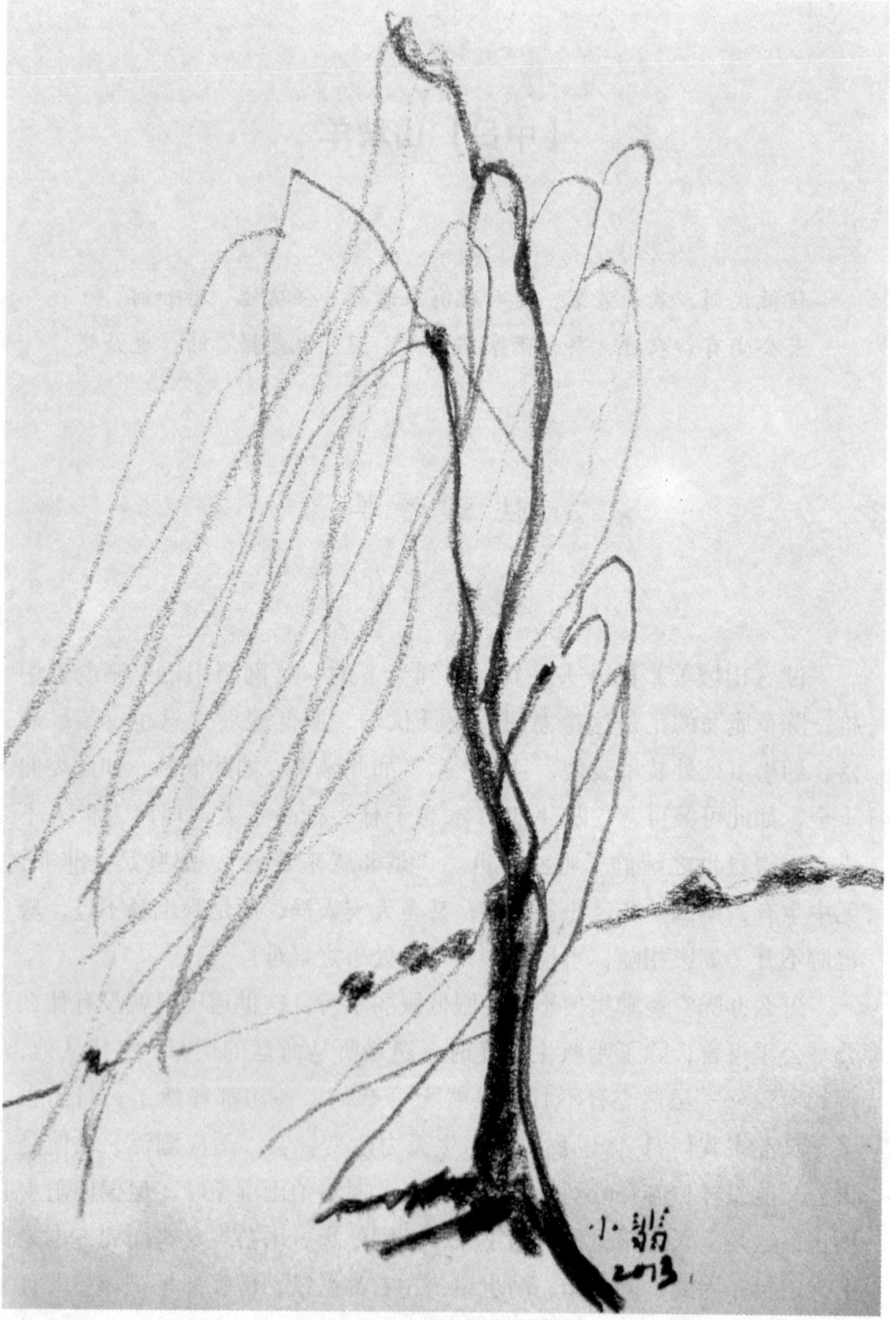
小鹞
2013

到了作者的处境：上面头头脑脑多，出力不讨好，风刮不得，雨下不得，弄不好还会罪名加身，欲加之罪，何患无辞；活得这般低眉折腰，平等、自由和尊严，只能是一种奢望了。

悲切、痛苦、无助、无奈，这些命运的使然，让作者笔下多了一些听天由命的色彩。在元代，人分四等，蒙古人、色目人、汉人、南人，汉人地位低，即使官位在身，也大多在防范和虚位之列，陈草庵亦然。其实，生而为人，活在世上，幸福的人们都是相似的，不幸者却各有各的不幸。我以为，面对无法改变的命运，作者并没有一味消极地消解，而是以幽默之笔，豁达之态，自嘲之悟，自解之境，写出了实属无奈，心有不甘的内心世界。

这首小令的题目叫《山坡羊》，不知为什么，这只“山坡羊”，让我想到了在青海囊谦、海拔 4000 多米岩崖上见到的岩羊，怯弱的、警惕而惊恐的岩羊，它们渴望广大的草场，渴望更加广袤、无垠的世界，却又不敢阔步而行，只能颤颤巍巍，蹑足于陡峭的岩崖之上。陈草庵似乎正是这样一只岩羊，在无情现实的挤压之下，他只能胆怯地咩咩地叫着，让我在这个风雨飘摇之夜依稀听到了他生活的颤音。

马致远（约1250—1321至1324），今北京人。字千里，号东篱，著作甚丰，多写神仙道化，故有“马神仙”之称。曲词豪放洒脱，与关汉卿、郑光祖、白朴并称“元曲四大家”。

【越调】天净沙·秋思

枯藤老树昏鸦，小桥流水人家，古道西风瘦马。夕阳西下，断肠人在天涯。

断肠人在天涯

每一次读这首《秋思》，我都为马致远神奇的才思和独特的想象力所征服。十八个字，九个名词，九个意象，九种场景，一气呵成，人与物呼之欲出，场与景如同亲历。枯藤、老树、昏鸦、小桥、流水、人家、古道、西风、瘦马。当我把这些粘连在一起的词拆开，首先是美感，悲秋之美，这秋似乎越来越深，百草皆病，流水落花，马乏风冽；继而看到这些并不相关、甚至相去甚远的词，被他不加修饰地联到一起时，那种此起彼伏的景致，给人无限的空间和联想。当然，这种大胆和神奇，只有马致远敢一试笔头，换了别人，罗列一大堆意象，弄不好会会使一首词曲窒息。

这首曲以“秋”字为酵母。当秋风飒飒，草木摇落，特别是伴有潇潇秋雨之时，文人墨客总会有寂寥、伤怀感的感触：那孤月的病态之美，思归念亲的思念之美、离愁之美、失眠之美等等都会跃然纸上。而此刻，夕阳西下，断肠人马致远，于萧条、寂寞、悲凉之中，向秋而写，一曲悲歌由心而生。马致远何以“断肠在天涯”？天涯，遥远的地方，马致远远离故乡，漂泊到了天涯。夕阳西下，天色已晚，万家灯火，他泊而无岸，无家可归，愁断寸肠。他是顶着凄冷的秋风，牵着骨瘦如柴的瘦马，沿着湿滑窄小的古道一路漂泊的，不知哪里是尽头，不知哪里是归宿。枯藤老树之上，昏鸦已睡，自己却找不到一张可以安妥疲惫之躯的床榻；小桥流水之畔，有生柴取火的人家，但不是自己的家，也不是可以投宿的客栈；只有在忍饥挨饿中继续前行了，不知来路，也没有归途。

青年时代的马致远踌躇满志，积极入世，时而豪情满怀，时而牢骚满腹。宦海沉浮二十余年后，对荣辱、是非，仿佛一下子失去了热情，甚至连牢骚也没有了，渴望的是宁静闲适的归隐生活。50 岁前后，他要归隐了，活了这把年纪，不能清醒地独立于世，索性去过他想要的写在《叹世》中的生活吧：二顷田，一具牛，几叶绵，一片绸，独掩柴门，野花村酒——不知为什么，在阅读《秋思》时，流水、昏鸦、小桥很快就从我的眼前渐行渐远，而瘦马和夕阳的形象，却久久地挥之不去——那瘦马、那夕阳，都酷似马致远若有若无的影子，在秋风中晃动，就像一位沦落天涯的断肠人。

赵孟頫（1254—1322），字子昂，号松雪道人，湖州人，以书画闻名天下，能诗文，著有《松雪斋文集》等。

【仙吕】后庭花

清溪一叶舟，芙蓉两岸秋。采菱谁家女，歌声起暮鸥。乱云愁，满头风雨，戴荷叶归去休。

乱 云 愁

赵孟頫描绘的这场面，我至少有两次身临其境。一次是在中学时代的一个秋日，我因在《中国青年报》发表诗歌处女作《我害怕那双手》，而被邀请参加一个诗歌笔会，其中有一个活动就是在湖塘赏荷泛舟。那时的湖水清清，几乎没有任何污染，鱼行水底，鸟飞水面，蜻蜓置身荷叶，采菱的、撒鱼的、划船的，一边劳作一边歌唱，我和几位热爱文学的中学生把宽大的荷叶戴在头上，既遮阳又可爱。那时的心清澄如湖水，那时的湖水清澈如明镜，那时的诗苦涩但自然，那时做一个诗人骄傲而幸福。只是，那一切，都不再了，远去了，消失了，消逝了……

是赵孟頫的一曲《后庭花》让我又回到了青涩的中学时代，只是湖水旧了，浊了，我只能隐隐看见自己的衰败和愁容，正所谓："乱云愁，满头风雨"！

第二次进入赵孟頫的境界，是在写《最美的诗歌》一书时，读到了唐代诗人王维的《山居秋暝》一诗，那一刻，我徜徉诗词之中，与两位大家的秋色不期而遇。王维在他的诗中写道："空山新雨后，天气

小凯 2013

晚来秋。明月松间照，清泉石上流。竹喧归浣女，莲动下渔舟。随意春芳歇，王孙自可留。”多美啊，空山、晚秋、明月、清泉……王维与赵孟頫，生活在不同的时代，抒发的是共同的志向：向往归隐，向往田园，向往山水，向往内心的迂阔与自由；我与他们，也生活在不同的年代，也对诗、对自然向往之，但却在现实的羁绊中，跌跌撞撞误入歧途，不知诗之所门了！

赵孟頫描写的是水乡秋景，我儿时见过并为之感动的秋景：清溪如水，轻舟驶过，荷色盈岸，莲花盛开，一切都是那么自然、幽静，神秘而又明澈，让人在淡淡的秋意中流连忘返。紧接着，采菱女和向暮而归的鸥鸟也来了，由幽静而进入灵动，歌起鸟翔，天然之韵，醉生笔底；而一个“暮”字，含而不露，暗连前句中的“秋”字，是感慨秋深了，还是感叹生命的迟暮之年，也许二者兼而有之；秋天，百花落英，百草生病，正是文人雅士悲伤秋、借诗浇愁的季节啊！

有秋渐深，有暮迟年，接下来，自然是愁了，愁如乱云，且满头风雨。看看吧，又是风，又是雨，又是乱云飞渡。这一切，到底为什么呢？赵孟頫出身宋朝宗室，宋亡元出，国破山河丧，故国之思岂能不让他“乱云愁”？又岂能不让他“满头风雨”？“秋”已至，垂“暮”来，怎不“愁”？但如果把这首小令单单理解为“悲秋”之作也是片面的，这只是作者触景生情，瞬间所生发的心灵悸动，他曾在《罪出》一诗中这样写道；“在山为远志，出山为小草”，心中有苦痛是再自然不过的事了。不过当他看到采菱女不惧风雨，采菱采莲，还采摘荷叶，戴在头上，打桨而归的场景，还是在向往归隐、心灵怦然一动之余，写出了别具一格的情韵，给我们描绘出了一幅含蓄淡远，意味无穷的山水画。

贯云石（1286—1324），号酸斋，维吾尔族人，能诗文，善书法，尤以散曲知名，有小令86首留存。

【双调】清江引

弃微名去来心快哉！一笑白云外。知音三五人，痛饮何妨碍？醉袍袖舞嫌天地窄。

一笑白云外

我曾以亲山爱水者自居，自以为有了这份情怀，也就融入了山水、就是山水之人了，其实不然。所谓山水之人，当是身与心，灵与肉，情与思，都自觉自愿地置身于山水，不拖泥带水，不左顾右盼，不一步三回头，不痛感失去或弄丢了什么。而我等之人，泥胎凡身，滚滚红尘之中，既为蝇头小利劳顿，也为不能企及之物伤神，活生生误入了歧途！

今在漫漫人生之旅中，“路遇”贯云石先生，方知何谓亲山，何谓爱水。贯云石出身显贵，是阿里海涯之孙，曾任两淮万户达鲁花赤，也曾读学士，修国史，官做过，书也读得多。也许正因为他知己知彼，看透了，悟透了，所以才快刀斩乱麻，去亲山，去爱水，弃微名，觅知音，一笑白云外，一醉天地宽；我之所以对贯云石大生感慨，还因为他“醒”得早——二十七岁，青春年少，青云得志，文武双全，纵身能上惊马，铺纸尽吐文章，正好可以大展宏途。但他却在春光无限、众星捧月之日，将功名利禄弃之如敝屣，让我看到了陶渊明的浩然与决然。读贯云石之词，再观其不羁之行。掩卷三思：人生而苦短，能以其力慰已慰人，当是幸福之人；倘再有一双亲山爱水的翅膀，行云流水、自由自在地活看，那天地，何其之大，那世界，无边无际。

微名，即蝇头小利，蜗角虚名，本不足挂齿，沾沾自喜者却大有人在。贯云石也是在场者，而且他的家人，也都混迹于官场，既苦且累，无聊透顶，或许，他才因此归隐，因此“来去”。但我以为，舍此，还有另一个原因，那就是当时贤愚颠倒、是非不分的社会现实，让贯云石有所顿悟；再加之武宗以降之后，为争夺皇位，官僚们明争暗斗，尔虞我诈，杀戮不断，祸国殃民；贯石云看在眼里，苦在心里，热爱自然、热爱自由的心灵备受煎熬，所以他索性辞官为民，一笑白云之外。这一笑，满山遍野山花盛开；这一笑，心旷神怡如释重负；这一笑，王侯将相可悲复可怜，诗人则在瞬间放飞了自我，连呼吸也倍感亲切和舒畅……

离开官场，挣脱心灵的桎梏，他要去寻找朋友。但茫茫人海，芸芸众生，知心有几人？我常说，是朋友的，无论怎么样，富贵与贫穷、远与近、伤害或爱怜，都不能改变心与心的相融；不是朋友的，天天聚首，每每誓言，还是两块捏不成一块的泥巴。因此，我很认同贯云石“知音三五人”的说法，朋友千千万，知音有几人？辞官离京的遥遥征程中，他经梁山泊，去普陀山，登岳阳楼，上采石矶，拜汨罗江，卜居西子湖畔。一路壮游，一路诗词，一路歌酒，与渔翁畅饮，对诗僧对诗，怀太白之魂，感屈子之伤，与钱塘才女曹妙清、杭州名优杨驹儿情投意合，过往甚密；甚至易冠诡名，混迹市井，观灯卖药，活得真实、自然，活得亲切、生动，在他看来，只要能畅笑白云之外，只要能觅得三五知音，这一切又“何妨碍”?!

一会儿“痛饮”，一会儿是“醉舞”，这就是活生生的贯云石。他的去官为民，让我看到了陶渊明的风骨；他的笑傲江湖，又让我看到了诗仙李白的风范。事实上，贯云石一生对李白推崇有加，在《桃花岩》、《采石歌》等作品中，时而“酒酣仰天呼太白”，时而“我亦不留白玉堂，京华酒浅湘云长”；这也让我想到了李白的诗句“安能摧眉折腰事权贵”，这精神，这风骨，这如“天马脱缰羁”（朱权《太阳正言谱》）之词文，与李白的品质一脉相承，一脉相通。读贯石云的词，我们看到——人，不能甘愿做权利锁门的笼中鸟，那样自然会嫌“天地窄”；而是要做敢于一笑“白云外”的大自然之子，那样才能活出自我的生命和意志。

图书在版编目(CIP)数据

最美的词曲/王明韵著．—2版．—合肥：合肥工业大学出版社,2017.12
(最美中国丛书)
ISBN 978-7-5650-3768-9

Ⅰ.①最…　Ⅱ.①王…　Ⅲ.①词曲史—中国　Ⅳ.①I207.23

中国版本图书馆CIP数据核字(2017)第325271号

最美的词曲

王明韵　著　　　责任编辑　朱移山　张　慧

出　版	合肥工业大学出版社	版　次	2013年4月第1版
地　址	合肥市屯溪路193号		2017年12月第2版
邮　编	230009	印　次	2017年12月第2次印刷
电　话	总　编　室:0551-62903038	开　本	710毫米×1000毫米　1/16
	市场营销部:0551-62903198	印　张	8.5　　字　数　131千字
网　址	www.hfutpress.com.cn	印　刷	合肥现代印务有限公司
E-mail	hfutpress@163.com	发　行	全国新华书店

ISBN 978-7-5650-3768-9　　　　定价：28.00元

如果有影响阅读的印装质量问题,请与出版社市场营销部联系调换。